LA SEDUZIONE DELLA CANAGLIA

LAUREN SMITH

Traduzione di
ERNESTO PAVAN

Titolo originale: *The Rogue's Seduction*

Traduzione dall'inglese di Ernesto Pavan

Editing di Noah Chinn

Copertina di Carpe Librum Book Design

Ebook ISBN:978-1-947206-87-8

Print ISBN: 978-1-947206-88-5

Londra, dicembre 1821

PERDITA DARBY STRINSE IL CAPPUCCIO DEL MANTELLO attorno al viso, nascondendosi non solo dal vento freddo che sferzava la vettura pubblica che aveva preso, ma anche da eventuali occhi indiscreti in agguato nell'oscurità. La strada era vuota: il crepuscolo e il freddo avevano ricacciato in casa anche i più ferventi appassionati delle passeggiate a tarda sera. Persino i monelli di strada, di solito alla disperata ricerca di denaro, erano nascosti nei loro vicoli in una serata gelida come quella, in cerca di un po' di calore. Perdita temeva che l'oscurità nascondesse qualcuno in grado di rendersi conto della sua identità o delle sue intenzioni. E ciò avrebbe potuto significare la sua rovina.

"Signora?" Il conducente della vettura pubblica aspettò che lei scendesse e chiuse la portiera mentre lei si liberava le gonne. Fece poi per togliersi il cappello, ma Perdita gli fece segno di tenerselo in testa. La notte era troppo fredda per quel genere di cortesie. L'uomo sorrise con gratitudine e si tolse a calci la neve dagli stivali.

"Aspettatemi qui, per favore." Perdita mise alcune monete nella mano dell'uomo e questi annuì.

"Ma certo." Il vetturino si infilò le monete in tasca e tornò al posto di guida. Poi si strinse attorno al corpo il pesante mantello marrone e si raggomitolò per scaldarsi.

Perdita si voltò verso la porta della casa che aveva di fronte. Era una dimora molto bella, che sorgeva in Duke Street da molti anni. Le sue nobili arcate erano incorniciate dall'edera che cresceva a partire dalle aiuole sotto le finestre, anche se le foglie erano cadute e avevano lasciato scoperte le ragnatele scheletriche dei viticci sottostanti. Ma in primavera, quando l'edera era colorata e onnipresente, quella casa sembrava quasi un cottage nel profondo delle Cotswold, non un'imponente casa a schiera al centro di una grande città.

Era chiaro che il proprietario di quella casa non si era preso la briga di mantenere un giardiniere che avrebbe impedito all'edera di diffondersi. Ma questo non avrebbe dovuto stupire Perdita. Lei conosceva il padrone di casa. Era sua intenzione gettarsi ai suoi piedi e implorare il suo aiuto, se necessario, e non importava che il suo soprannome, mormorato nelle sale da ballo londinesi, fosse 'il Demonio di Londra'.

Perdita raddrizzò le spalle.

Sii coraggiosa. Lui è l'unico che possa aiutarti. Non fargli capire quanto hai paura.

Salì i gradini e bussò col battente montato sulla robusta porta di quercia. All'improvviso, fu assalita dai dubbi. Era un'idea terribile. La sua mente le urlò di fuggire mentre se ne stava lì sulla soglia dell'aldilà.

Forse avrebbe potuto implorare i suoi genitori di lasciarla andare nel Continente per qualche anno ed evitare la sorte che l'aveva spinta a recarsi a bussare a quella porta a quell'ora. Ma ciò avrebbe salvato solo lei, non la sua famiglia, dalle conseguenze insite nel fuggire dal ricatto a cui lei si trovava a far fronte.

La porta scricchiolò, il vecchio legno di quercia che protestava mentre i cardini si aprivano a malincuore. Apparve un maggiordomo di mezza età, gli occhi piccoli e brillanti che la guardavano da sopra un naso lungo e sottile e un mento a punta. Il suo atteggiamento mancava di quella cordialità che ci si sarebbe aspettati da un servitore in una casa decente. Le sue spalle erano ampie ed egli sembrava troppo muscoloso per il ruolo distinto di maggiordomo. Ma quella non era una casa decente. Quella era la casa del demonio.

"Ehm..." L'uomo esitò, evidentemente sconcertato dall'aspetto di Perdita. Era rischioso farsi vedere su quella particolare soglia dopo mezzanotte e lei lo sapeva benissimo.

"Devo vedere subito lord Darlington," disse Perdita all'uomo, pregando che egli l'avrebbe lasciata entrare. Non poteva correre il rischio di essere vista e dare scandalo. O meglio, uno scandalo diverso da quello che stava già pianificando con cura.

L'uomo esitò, sbarrando col proprio corpo la porta ancora parzialmente chiusa. "È tardi, persino per il mio padrone."

Perdita non si lasciò scoraggiare. "So che l'ora è quella che è, ma lui vorrà vedermi." Sollevò il mento e parlò con un tale atteggiamento regale che il maggiordomo non osò interrogarla. L'uomo sospirò e si fece da parte. A quanto pareva, le lezioni datele da sua madre non erano state poi uno spreco.

"Da questa parte, signora." Il maggiordomo le fece segno di entrare. Una volta in casa, Perdita si rilassò, ma non troppo. Poteva anche non essere visibile dalla strada, ma si trovava comunque in un territorio piuttosto pericoloso.

Due lampade dalla luce soffusa illuminavano corridoio e scale. Lei era stupita dal fatto che fossero ancora accese. Il padrone di casa era ancora sveglio? Lo aveva dato per scontato, ma la casa era avvolta in un silenzio spettrale. Perdita si prese un momento per osservare l'ambiente circostante, senza celare la curiosità. Nel foyer non c'era traccia di decorazioni, quadri o anche solo tavolini. Quell'austerità la sorprese.

E così, è qui che risiede il Demonio di Londra.

Il mobilio che intravide oltre una porta semiaperta a qualche metro di distanza – forse quella del salotto formale – era datato e malridotto. Il che aveva senso: si diceva che il padrone di casa fosse un disperato cacciatore di dote la cui situazione finanziaria era disastrosa. Le sue condizioni disperate non erano una sua colpa, quanto piuttosto una conseguenza della morte prematura dei suoi genitori e dei debiti da loro accumulati.

Doveva essere gravoso entrare nell'età adulta con la responsabilità di mantenere titoli e terre di famiglia senza il denaro per farlo. Un uomo in una posizione del genere era un uomo *pericoloso*... soprattutto per un'ereditiera ricca e nubile.

Come me...

"Vi prego di attendere mentre vado a parlare col padrone. Chi devo annunciare?" chiese il maggiordomo.

"Perdita Darby," rispose lei, cercando di smettere di tremare mentre guardava il maggiordomo salire al piano di sopra.

Perdita deglutì il groppo di paura che aveva in gola. Quell'uomo era arrivato a un livello di disperazione tale da rapire la sua più cara amica, Alexandra Rockford, per sedurla e vincere una somma di cinquemila sterline. Quello, da solo, gli sarebbe valso il suo soprannome agli occhi di Perdita. Trattare la virtù di una donna come l'oggetto di una scommessa! Ma alla fine, il demonio aveva fallito. Alexandra era stata salvata da Ambrose Worthing, un uomo innamorato di lei al punto da aver affrontato il suo migliore amico per liberarla.

Alexandra aveva assicurato a Perdita che lord Darlington non era stato *completamente* malefico: aveva pianificato semplicemente di convincere i partecipanti alla sfida di essere andato a letto con lei, senza averlo fatto davvero. Ma ciò non rendeva assolutamente eroico il Demonio di Londra. Nel migliore dei casi, questi era un farabutto con una coscienza. Ma Perdita era disperata al punto da essere entrata in quella casa, consapevole del pericolo e dello scandalo che rischiava di scoppiare.

È una pessima idea. Sfortunatamente, non aveva altre opzioni. Solo lord Darlington poteva aiutarla. Era pronta a fare qualunque cosa per sfuggire alla situazione in cui si trovava.

"Signora." Il maggiordomo apparve in cima alle scale. "Sua Signoria vi riceverà ora."

Perdita lo fissò sbalordita. "Di sopra? Non in salotto?"

Il vecchiaccio ebbe il coraggio di sogghignare. "Ha insistito: vi incontrerete di sopra o io mi vedrò costretto ad accompagnarvi alla porta."

Che coraggio! Chiederle di raggiungerlo al piano di sopra! Darlington trattava allo stesso modo tutte le altre signore di buona famiglia? Oppure, sapendo chi era venuto a trovarlo, forse stava facendo del proprio meglio per spaventarla. Sì, doveva essere quella la risposta. Il visconte pensava che lei avrebbe avuto troppa paura per salire le scale.

Io non ho paura. Beh, in realtà ne ho, ma che mi venga un colpo se glielo lascerò capire.

Perdita sollevò le gonne e salì le scale, il cuore che le martellava nel petto. Seguì il maggiordomo fino a una stanza la cui porta era leggermente socchiusa. Lanciò un'occhiata al servitore, che tuttavia si stava già allontanando.

Perdita aprì la porta e raggelò nel rendersi conto che quella era una camera da letto. Darlington aveva avuto il fegato di convocarla nella propria *camera da letto*? Credeva che lei fosse venuta per motivi erotici o che avrebbe lasciato correre un tentativo di seduzione tanto palese? Era assolutamente possibile, considerato l'orario scandaloso e il fatto che Perdita non era accompagnata, ma lei gli avrebbe dato il fatto suo se il visconte avesse cercato di sedurla.

Rimpianse per la centesima volta l'impossibilità di venire a trovarlo durante il giorno, ma non c'era alternativa. La gente l'avrebbe vista entrare nella casa di quell'uomo e quella sarebbe stata la fine della sua reputazione coltivata con cura. Perdita si irrigidì quando una voce cupa e suadente parlò.

Vaughn Darlington, il visconte soprannominato dal *ton* 'il Demonio di Londra'. La sua voce provocò in lei un fremito di eccitazione e di paura. D'istinto, Perdita indietreggiò di un passo verso la porta.

"Ve ne scappate così presto? Avrei scommesso che foste più coraggiosa, signorina Darby. O forse, considerata l'ora tarda e le circostanze in cui ci incontriamo, dovrei chiamarvi Perdita?"

Lei si infuriò e abbassò il cappuccio del mantello per

guardarsi meglio attorno. C'erano un letto a baldacchino contro una parete e un fuoco che scoppiettava nel caminetto. Il pavimento di legno mostrava i contorni polverosi di tappeti assenti. Le tende di broccato verde scuro attorno al letto erano sbiadite e alcuni degli anelli mancavano, la qual cosa creava bizzarre aperture tra i tendaggi. Una carta da parati di seta lisa e scrostata, raffigurante uomini che cacciavano in una foresta, copriva le pareti. Un guardaroba un tempo molto bello, ma ora privo di un'anta, spiccava in un angolo. Nel porta-rasoi dava mostra di sé un catino di porcellana bianca con una grossa crepa lungo un lato.

L'atmosfera mascolina all'interno della stanza era molto intensa, proprio come lo era il suo occupante, ma le circostanze e le condizioni di quella stanza colmarono Perdita di uno strano senso di compassione, che la immobilizzò mentre spostava la propria attenzione sull'uomo.

Appoggiato a una poltrona lisa e vecchissima stava lord Darlington. Era alto, con le spalle larghe, e il suo volto fin troppo bello aveva un che di minaccioso. Coi suoi penetranti occhi azzurri e i capelli biondo chiaro, Darlington avrebbe potuto passare per un angelo, se non fosse stato per la curva sensuale e maliziosa delle sue labbra. Indossava pantaloni marrone chiaro e una camicia di batista bianca, con un gilet blu scuro. Si era slacciato il fazzoletto, che era appoggiato allo schienale di una sedia.

Il cuore di Perdita accelerò i battiti. Non si era mai trovata in una stanza con un uomo parzialmente svestito. Si costrinse a concentrarsi su quello che doveva fare.

"Lord Darlington, sono venuta a farvi una proposta." Il suo tono di voce era brusco e diretto. Non c'era una seduzione in ballo, non importava quanto egli le ispirasse peccato. Sebbene Perdita avesse ripetuto quel discorso per una dozzina di volte da sola, non era pronta alle sensazioni bizzarre e spaventose che la stavano assalendo in quel momento, mentre parlava al visconte ed era sola con lui.

L'uomo incrociò le braccia osservandola con quel sorrisetto maligno che le accelerava il respiro. Perdita cambiò posizione e i suoi stivali grattarono leggermente contro il pavimento di legno.

"Proseguite." Lord Darlington ridacchiò; il disagio di Perdita sembrava compiacerlo.

"Ecco, vedete..." Lei parlò a fatica, ancora mortificata per il fatto di essere venuta a implorare l'aiuto del visconte. "Devo scongiurare una proposta di matrimonio non voluta." Si torse nervosamente le dita mentre si toglieva i guanti. "Mia madre ha convinto un certo gentiluomo che io sarei disposta a prendere in considerazione la sua offerta, quando io non lo sono assolutamente."

Cercò di non pensare al signor Samuel Milburn e a come quell'uomo avesse reso chiaro che l'avrebbe imprigionata in una vita che l'avrebbe lentamente uccisa. Perdita riusciva ancora a vederlo mentre si chinava su di lei e mormorava: *A me piacciono le donne che sanno di non dover cercare la compagnia degli altri; la mia deve bastare. Nella mia casa c'è tutto quello di cui avrete bisogno, per cui non voglio sentir parlare di viaggi o serate fuori. Non farebbero che distrarvi dal vostro dovere, cioè compiacere me."*

Quell'uomo era un bruto, un dittatore e peggio ancora, ma la madre di Perdita, nonostante la sua natura ambiziosa, non era solita credere nei pettegolezzi dell'alta società.

Perdita, invece, ci credeva. Aveva sentito dire che Milburn aveva ucciso una donna gettandola da una finestra, ma poiché la donna in questione era la sua amante, nessuno aveva sollevato dubbi. Il fatto era stato liquidato come uno sfortunato incidente. Ciò che Perdita sapeva per certo era che quell'uomo era un mostro. Aveva cercato di riferire quello che aveva sentito a sua madre e suo padre, ma le sue parole erano state bollate come semplici chiacchiere. Se suo fratello maggiore Thomas non fosse stato per mare, a militare nella marina di Sua Maestà, Perdita avrebbe cercato il suo sostegno.

L'esperienza le aveva insegnato che essere una ricca ereditiera era un peso terribile. La trasformava in un bersaglio. Era riuscita a scacciare diversi cacciatori di dote negli ultimi anni, ma un uomo come Milburn era pericoloso in una maniera diversa. Questi non voleva il denaro di Perdita: voleva domare il suo spirito e, forse, persino ucciderla, qualora lei non gli avesse dato ciò che desiderava. Per lui, Perdita era uno *svago*.

Aveva commesso l'errore di incontrarlo nel corso di una cena, l'autunno prima, e questi aveva subito mostrato interesse in lei una volta scoperto che si trattava nientemeno che della signorina Darby, la più amata dal *ton*, che tutti cercavano di compiacere con le lodi e con numerosi inviti.

Perdita non aveva coltivato di proposito quella reputazione; essa si era sviluppata naturalmente. Ma, agli occhi di Milburn, lei era diventata un premio da conquistare... per poi soffocarla e distruggerla. Una volta che l'aveva presa di mira, era riuscito a sviluppare un piano che avrebbe potuto demolire la famiglia di Perdita e costringerla ad accettare la sua proposta attraverso il ricatto.

"E io cosa c'entro? O per caso volete semplicemente fare un giro nel mio letto per evitare di sposare un giovanotto sciocco? Non amo rovinare le innocenti, ma nel vostro caso, potrei fare un'eccezione," disse Darlington, trafiggendola con lo sguardo.

Perdita prese in considerazione l'idea di ricordargli che egli aveva davvero cercato di rovinare la sua innocente amica per una scommessa, ma cambiò idea. Litigare col visconte non l'avrebbe aiutata a ottenere il suo aiuto.

"Vorrei avvalermi dei vostri servigi." Ancora non riusciva a essere del tutto esplicita. Era troppo umiliante.

"I miei servigi?" L'uomo cambiò leggermente posizione mentre un sorriso gli curvava le labbra. "Di quali *servigi* avete bisogno?" Quando pronunciò la parola *servigi*, essa aveva un suono peccaminoso, perverso.

"Voglio assumervi affinché diate mostra, in pubblico, di essere fidanzato con la sottoscritta. Non si tratterebbe di un vero fidanzamento, ma di un periodo di pochi mesi, allo scopo di scoraggiare quell'altro gentiluomo e di far sì che egli mi lasci in pace." Perdita abbassò lo sguardo e giocherellò coi guanti. Stava scommettendo sul fatto che Milburn avrebbe perso interesse se avesse creduto di avere un rivale per la sua mano.

Lo sguardo di lord Darlington divenne freddo, quasi raggelante, nel posarsi sulle sue mani nervose. "Dunque, dovrei interpretare il ruolo del vostro fidanzato? E cosa ci guadagnerei a spaventare quel mascalzone?" Darlington era ancora appoggiato alla poltrona, ma Perdita era più consapevole che mai della sua presenza. La piccola distanza che li separava sembrava diminuire a ogni istante.

"Vi pagherò. Ho accesso a parte della mia dote. Il denaro è investito in una banca privata, presso lady Rosalind Lennox. Mio padre ha versato il denaro a suo nome, ma mi ha concesso un certo controllo su di esso."

Darlington si accarezzò il mento. "Ho bisogno di una soluzione più duratura di un semplice influsso di denaro temporaneo. Avete detto che il vostro denaro si trova nella banca di lady Lennox?" Continuò a fissarla con quello sguardo calcolatore e, all'improvviso, Perdita temette che l'uomo non avrebbe accettato, che avrebbe invece preso in considerazione l'idea di ricattarla direttamente per ottenere il denaro in quella banca, rivelando che Perdita era venuta in casa sua. Ma no, di certo non avrebbe osato.

Quando il visconte la guardò con aria di aspettativa, Perdita si rese conto che egli attendeva una risposta alla sua domanda. Lei annuì.

"Dunque, conoscete lord Lennox, suo marito? È un investitore selettivo, ma di successo. Desidero essere coinvolto nel suo prossimo investimento, qualunque esso sia."

Perdita annuì nuovamente. Conosceva bene Rosalind Lennox, ma solo di sfuggita suo marito, Ashton Lennox. Magari sarebbe riuscita a convincere Rosalind a permettere a Darlington di investire con suo marito. Sperava solo che la sua amica non avrebbe ritenuto inappropriata una richiesta del genere. Era un rischio che Perdita doveva correre per evitare di sposare un uomo come Samuel Milburn.

"Credo di poter organizzare un incontro. Per quanto riguarda il fatto che lord Lennox vi permetta di investire..." Era impossibile, da parte di Perdita, fornire garanzie in tal senso.

Darlington si spinse via dalla poltrona e la raggiunse. Quel semplice gesto parve cambiare completamente la situazione tra di loro. Prima, il visconte non le era parso tanto minaccioso. Ma ora, con la sua sagoma torreggiante così vicina, Perdita si sentiva decisamente come un coniglietto di fronte a un lupo molto grosso. Sapeva che Darlington era alto, ma trovarsi a pochi centimetri da lui la faceva sentire piccola e femminile come non mai. Le ci volle un momento per riprendere fiato. Dovette inclinare la testa all'indietro per guardare l'uomo.

"Immagino di dovermi accontentare. Ma sapete bene che, una volta dato inizio a questa sciarada, tutti si aspetteranno che noi ci sposiamo." Sembrava un'ammonizione. Ma loro due non si sarebbero mai sposati. Se c'era una cosa di cui Perdita era sicura, era che lei *non* avrebbe sposato il Demonio di Londra.

"Ne sono consapevole. Dopo un periodo di tempo prudente, a mio giudizio, potrete annullare il fidanzamento e andarvene per la vostra strada." Perdita avrebbe dovuto essere completamente sicura che Samuel Milburn non fosse più interessato a lei; solo allora avrebbe potuto correre il rischio di una rottura pubblica con lord Darlington. Altrimenti, la reputazione della sua famiglia sarebbe stata rovinata e suo padre avrebbe corso il rischio di vedersi punito dalla legge inglese.

Le labbra di lord Darlington si contrassero in un sorriso divertito. "E voi siete pronta ad affrontare il *ton* dopo essere stata scaricata dal sottoscritto?" Il sorriso lupesco che apparve sulle sue labbra non era rassicurante. "Dubito che un altro uomo vi vorrebbe, dopo che io sarò stato il vostro amante."

"Non saremmo amanti, ma solo fidanzati."

Darlington rise sommessamente. "Non chiederei mai a una donna di sposarmi senza che ella sia stata prima mia amante. Non la sposerei mai se non fossi certo di trovare gradevole la sua compagnia a letto."

Perdita ignorò le parole scandalose dell'uomo. "Essere abbandonata da uno come voi, anche se qualcuno desse per scontato che siamo stati amanti, sarebbe comunque meglio che permettere a un uomo come Samuel Milburn di trovare un modo di compromettermi. So che genere d'uomo è; per quanto ciò sia incredibile, egli è *peggio* di voi." Perdita raddrizzò le spalle e fulminò Darlington con lo sguardo, sfidandolo a mettere in discussione le sue parole.

"Milburn?" Darlington spalancò gli occhi. "È lui l'uomo che vi ronza attorno?"

"Sì. Lo conoscete?"

Darlington annuì lentamente. "Purtroppo, sì. Ci siamo incrociati in diversi club." L'uomo fece una pausa, come se stesse scegliendo le parole con cura, soppesandole e decidendo se fosse il caso di pronunciarle di fronte a Perdita o meno. "La maggior parte del *ton* lo vede come un gentiluomo delizioso, incapace di fare del male. Altri lo conoscono come lo conosco io. Alcuni direbbero che lui e io abbiamo gusti simili in fatto di dolore... non nel riceverlo, ma nel provocarlo."

"Avete il gusto per il dolore?" Perdita rabbrividì. Aveva sentito dire che Milburn aveva buttato la propria amante fuori dalla finestra. Qualunque futuro in compagnia di un uomo del genere avrebbe suggellato il suo fato, ma lei non sapeva nulla di simile riguardo a Darlington. Il visconte non era crudele, anche se lei aveva sentito dire che era incredibilmente *perverso*. Persino un suo fugace baciamano durante una presentazione era noto per causare un tale scandalo da scatenare un fuggi-fuggi generale tra le signore, che finivano col somigliare a uno stormo di uccelli vestiti di seta e tulle.

"Sì." Lo sguardo di Darlington era nuovamente fisso sul viso di Perdita. "Entrambi abbiamo necessità di qualcosa di diverso dal solito a letto." Il visconte fece una nuova pausa, lo sguardo cupo e indecifrabile mentre la fissava. "Ma a differenza di lui, il mio scopo è *sempre* il piacere. Una donna che piange di dolore non mi eccita. Ma a Milburn una simile visione trasforma il sangue in fuoco."

Le parole ardite di Darlington sull'argomento spinsero Perdita a fare un altro passo indietro.

"Vi piace infliggere *dolore* a letto?" Detestò il modo in cui la voce le tremò mentre le parole le sfuggirono. Se ciò fosse stato vero, di sicuro lei ne avrebbe sentito parlare. "Ho commesso un errore. È meglio che–"

Il visconte allungò una mano e la afferrò per una guancia quando lei cercò di staccarsi, quindi le passò un braccio forte attorno alla vita, ammucchiandole la gonna al di sopra del posteriore. Ora Perdita era costretta a fronteggiarlo e ad ascoltare ciò che lui voleva dire.

"Ci sono due tipi di dolore, tesoro. Uno è leggero, aspettato, e porta a un piacere intenso. L'altro è egoista e fa parte del bisogno di essere duri e crudeli. Io preferisco il primo, non il secondo."

Le parole dell'uomo non avevano alcun senso. Il dolore era dolore, no? Perdita arricciò il naso e si preparò a obiettare, ma non ne ebbe mai la possibilità. L'uomo abbassò la testa e le catturò la bocca con la propria. Perdita rimase paralizzata dallo stupore. La sensazione delle morbide labbra del visconte che si muovevano contro le sue era strana, ma sempre più piacevole.

Non era mai stata baciata, ma aveva spesso immaginato come sarebbe stato. Imitò i movimenti della bocca di Darlington e sussultò quando lui le leccò le labbra con la lingua. La sensazione vellutata della lingua del visconte contro le sue labbra era al tempo stesso peccaminosa e decadente. Le si piegarono le ginocchia sotto le pesanti gonne. Si aggrappò alle spalle dell'uomo, cercando disperatamente di non perdere la presa su di lui. Il calore tra le loro bocche si fece più intenso e una sensazione sconvolgente cominciò ad affondare nelle membra di Perdita e nel suo basso ventre. Avrebbe potuto andare avanti per ore...

Le labbra dell'uomo vagarono dalla bocca di Perdita alla sua gola, subito al di sopra del punto in cui il mantello le copriva le spalle. Darlington la baciò lì; poi, all'improvviso, le mordicchiò la pelle coi denti. Il morso fece sì che Perdita fosse percorsa da un brivido e che una pulsazione feroce e sconvolgente sbocciasse tra le sue cosce. Piagnucolò e cercò di allontanarsi, non perché soffrisse, ma perché l'esplosione di sensazioni era stata troppo. Non aveva mai–

"Quello, tesoro mio, è il dolore mescolato al piacere." Darlington mormorò contro la pelle del collo di Perdita, continuando a tenerla stretta per impedirle di fuggire. Brividi le percorsero la spina dorsale e lei chiuse gli occhi. Era una situazione spaventosa. *Darlington* era spaventoso, ma una parte di lei voleva capirne di più di ciò che egli le stava mostrando.

Dal momento in cui lo aveva visto per la prima volta, durante la festa in giardino che sua madre aveva organizzato qualche mese prima, era rimasta affascinata dalle sue arie misteriose. Non poteva negarlo. Una brava giovane non si sarebbe mai permessa di essere affascinata da una canaglia tanto famigerata, ma ora più che mai Perdita si stava chiedendo se, forse, lei stessa non fosse brava quanto avrebbe dovuto essere.

Darlington sciolse lentamente la presa sulla sua vita, ma la mano che le teneva ancora il viso sembrava bruciarle la pelle. L'uomo le passò il pollice sulle labbra, provocandole un formicolio dalla bocca fino alle dita dei piedi. Perdita sollevò lo sguardo e incrociò quello di lui, e il mondo si inclinò mentre lo fissava. Non c'era via di ritorno da quel bacio. Lei aveva dato un morso alla mela proibita e i succhi erano dolci sulle sue labbra.

"State ancora tremando," osservò Darlington. La sua

voce era bassa e gentile, ma invece che tranquillizzarla, eccitò Perdita.

"È sempre così?" chiese lei, chiedendosi perché sua madre non le avesse mai menzionato che le labbra potessero incontrarsi in un incendio simile quando aveva discusso i modi in cui uomini e donne potevano congiungersi.

Darlington le sfiorò ancora una volta le labbra prima di lasciar ricadere le mani lungo i fianchi. "Non sempre. Troppi matrimoni sono costruiti sulle fondamenta sbagliate e raramente la passione viene presa in considerazione." L'uomo le voltò le spalle e raggiunse il fuoco, appoggiando una mano sulla mensola mentre guardava le fiamme.

"Se volete giocare a questo gioco, signorina Darby, dovrete farlo in maniera convincente. Milburn non accetterà una semplice dichiarazione di fidanzamento da parte nostra. Mi conosce troppo bene. E non è il tipo da arrendersi facilmente." Il viso di Darligton era illuminato dalla luce del fuoco. Per un attimo, egli somigliò più ad Ade, il dio greco dell'oltretomba, che a una semplice canaglia londinese. Perdita rimase ammaliata da quella visione. Darlington era un richiamo a cui lei non riusciva a resistere. Quante donne erano entrate in quella stanza prima di lei ed erano cadute vittima del suo incantesimo?

"Cosa avevate in mente?"

"Immagino ricordiate cosa capitò ad Alexandra Rockford in casa mia? Uno spettacolo pubblico. *Ecco* cosa ho in mente. Milburn dovrà vederci in una posizione compromettente." L'uomo si voltò a guardarla. "Il che significa più di un semplice bacio."

Perdita si morse il labbro inferiore. Un semplice bacio? Non per lei. Quel bacio era stato la sua fine. Era abbastanza saggia da aver capito che, nel giro di pochi brevi istanti, il visconte le aveva cambiato la vita.

"Accetterò qualunque espediente necessario, pur di sfuggire a Samuel Milburn." Perdita sollevò il mento, guadagnandosi un lento sorriso da parte del visconte che la fece sorridere.

"Cosa c'è?" volle sapere quando l'uomo continuò a sorriderle.

"Non avrei mai immaginato che avreste accettato. Di tutte le donne, sembrate la più..."

Perdita strinse gli occhi. "La più cosa?"

"Diciamo che la vostra propensione a infrangere le regole mi stupisce, ecco tutto."

Perdita lo fissò con aria di sfida. "Io mi comporto in maniera appropriata in pubblico, come si addice a una figlia devota e a una signora beneducata, ma voi non avete idea di che genere di donna io sia." Era vero. Perdita era una signora, una buona conversatrice, una padrona di casa incantevole e la gioia del *ton*, ma non era tutto lì. C'erano altri lati di lei, lati nascosti che non osava rivelare.

Negli occhi di Darlington brillò la malizia. "*Questo* sì che è interessante. In quanto vostro fidanzato, farò un mio sacro dovere lo scoprire queste sfaccettature nascoste della vostra personalità."

Perdita inclinò la testa. "Dunque mi offrirete i vostri servigi?" Voleva tenere il più possibile quella faccenda su un piano professionale. Non dubitava che Darlington l'avrebbe privata del buonsenso a colpi di baci, ma se lei avesse tenuto duro e ricordato a entrambi che quella era solo una questione d'affari, allora forse sarebbe sopravvissuta a quel diabolico patto col cuore immutato.

"Ho un'ultima domanda prima di accettare, ed esigo che voi rispondiate in maniera onesta."

Perdita soppesò il rischio di perdere l'aiuto di Darlington contro ciò che egli avrebbe potuto chiederle, quindi annuì.

"Cos'ha in mano Milburn per farvi tanta paura? Non crederei nemmeno per un istante che i vostri genitori vi costringerebbero a sposarlo, nemmeno se egli vi trascinasse in uno scandalo. No, c'è qualcosa che vi fa temere che potreste non avere altra scelta che accettare, nel caso egli chieda la vostra mano." Darlington si mise a giocherellare coi gemelli della sua manica destra. "Cos'ha in mano, signorina Darby?"

Era l'unica domanda a cui Perdita non voleva rispondere; ma sapeva che avrebbe dovuto farlo.

"In privato, ha dichiarato di essere in grado di dimostrare che mio padre sarebbe coinvolto nel contrabbando di merci in Inghilterra e che avrebbe evaso le tasse." Perdita esitò; sperava di poter affidare quell'informazione a Darlington senza pentirsene.

"Ed è vero? Vostro padre è colpevole?"

"No! Voglio dire, insomma, *lui* non lo è. Ma temo che gli uomini presso cui ha investito potrebbero esserlo. Credo che Milburn potrebbe essere addirittura in combutta con loro allo scopo di accusare ingiustamente mio padre e, purtroppo, io non ho modo di fermarli. Lui dice che, se lo sposerò, distruggerà le prove; ma se non lo farò..."

"E voi credete che fidanzarvi con me lo fermerà?"

"Deve fermarlo," mormorò Perdita. "Se lui non mi desiderasse più, non avrebbe alcuna ragione di mettere in atto le sue minacce. E voi siete uno degli uomini dalla reputazione più sinistra di Londra. Milburn sarebbe pazzo se non avesse paura di voi e cercasse di prendere qualcosa che vi appartiene, come ad esempio la vostra futura moglie."

Gli angoli delle labbra del visconte si contrassero. "Questo è vero. Io non esiterei a distruggere chiunque osasse prendere ciò che è mio, soprattutto una donna. Molto bene, accetto il vostro piano, per quanto folle esso sia." Darlington le tese la mano. "Siamo d'accordo?" Era assolutamente serio, tranne che per il bagliore malizioso nei suoi occhi. Un bagliore che prometteva che ogni istante trascorso con lui sarebbe stato una tortura deliziosamente peccaminosa.

Perdita mise la mano in quella dell'uomo. "Affare fatto."

"D'accordo." Darlington le voltò la mano e se la portò alle labbra mentre le baciava le nocche.

"Ottimo." Perdita esitò, crogiolandosi nella sensazione delle labbra del visconte sulle sue dita nude prima di liberare la mano. "Mia madre darà una festa per Natale alla nostra tenuta di Lothbrook. Farò in modo che siate invitato. Vi prego di portare il vostro valletto e di fargli preparare una quantità di indumenti sufficiente per il periodo natalizio."

Darlington annuì, ma quando lei fece per andarsene, la prese per un braccio.

"Sì? Lord Darlington?" Perdita abbassò lo sguardo sulla mano con cui l'uomo le teneva il braccio. Egli non la lasciò andare, non come avrebbe fatto un altro uomo.

"Considerata la nostra nuova intimità, sarei lieto se mi chiamaste Vaughn quando siamo soli."

"Vaughn." Perdita provò sulla lingua il nome di battesimo del visconte. Detestava quanto facilmente esso le scivolasse sulla lingua.

"Inoltre, mi aspetto di essere presentato a lord e lady Lennox prima della fine di quest'anno. Sarebbe possibile?"

Perdita annuì. "Sì. Organizzerò un incontro il prima possibile."

"Ottimo." Il visconte la prese sottobraccio. "Lasciate che vi accompagni."

"Milord – volevo dire, Vaughn, non è necessario."

"Devo abituarmi a comportarmi da gentiluomo. Temo di essere un po' arrugginito."

Perdita rimase in silenzio mentre lui la conduceva lungo le scale. Quando il visconte aprì la porta di casa, lei esitò nel momento in cui il vento pungente la colpì. Diede un'ultima occhiata all'uomo prima di risollevare il cappuccio del mantello, celando il proprio viso. Corse alla carrozza che la aspettava e salì a bordo. Azzardò un'ultima occhiata a Vaughn attraverso le tende. Il visconte era fermo sulla soglia, senza cappotto. Perdita ripensò al calore del suo corpo contro il proprio e rabbrividì, ma non di freddo.

Com'era strano aver fatto un patto con Vaughn, visconte Darlington. Ora loro due erano legati e, sebbene fossero uniti nella loro missione, lei si sentiva terribilmente sola. Avrebbe voluto poter parlare con la sua cara amica Alexandra, ma questa era l'ultima persona con cui Perdita poteva confidarsi, dato che c'era di mezzo Vaughn.

Quando il visconte aveva rapito Alex, l'ordalia era stata terribile per l'amica di Perdita, anche dopo che Vaughn aveva rivelato di non avere alcuna intenzione di farle del male. Quando Alex avrebbe appreso del suo presunto fidanzamento con Vaughn, senza dubbio sarebbe corsa da Perdita e avrebbe cercato di fermare quella follia. Non era un incontro a cui Perdita guardava con gioia, ma lei e Alex avevano idee molto diverse sul modo di affrontare la società. Alex si era nascosta da essa, mentre lei l'aveva abbracciata.

Perdita aveva bisogno della reputazione sinistra di Vaughn. Era l'ultima difesa che aveva contro Samuel

Milburn. Era qualcosa che la sua cara amica non avrebbe capito, perché non era lei il bersaglio degli intenti malvagi di Milburn. Perdita aveva venduto l'anima al male minore per proteggersi da un male peggiore.

Pregava solo che il suo piano avrebbe funzionato; in caso contrario, sarebbe stata perduta.

❊ 2 ❊

VAUGHN DARLINGTON OSSERVÒ LA CARROZZA SVANIRE nella notte gelida. Il suo sorriso si affievolì mentre la distanza tra lui e Perdita aumentava. Era leggermente malinconico, dopo il turbine che era stata l'ultima mezz'ora. Parte di lui era ancora divertita da quella piccola bellezza: dalla sua tenacia, dal suo coraggio, persino dalla sua imprudenza nell'avvicinare un uomo dalla reputazione come la sua in camera da letto. A mezzanotte, per di più.

Una proposta, aveva detto lei. E che proposta. La serie di sfortune che lo perseguitava da tanto sembrava essersi finalmente conclusa, e tutto grazie a una ragazzina di campagna che aveva avuto un ottimo intuito nell'individuare il lato oscuro di Samuel Milburn.

Il sorriso di Vaughn si incupì. La donna credeva che una manifestazione di interesse in lei da parte sua avrebbe scoraggiato Milburn, ma lui conosceva l'uomo meglio di lei. Quali che fossero le intenzioni di Vaughn nei suoi confronti, che volesse fare di lei la sua amante o la sua promessa sposa, il piano di Perdita non avrebbe probabilmente avuto alcuna importanza per un uomo come

Milburn. Egli era un vero bastardo, un pericolo per il sesso debole, e avrebbe trovato un modo per impadronirsi di ciò che gli apparteneva di diritto.

E tuttavia, Vaughn non era riuscito a dirle che qualunque cosa lui avrebbe fatto con lei non sarebbe bastata a fermare Milburn. Non da sola. Vaughn poteva solo sperare che la loro piccola sciarada gli avrebbe dato l'occasione di scongiurare qualunque cosa Milburn avesse in mente.

Rifletté sul problema più urgente. Una leva. Ecco cosa aveva in mano Milburn. Fino a quando egli sarebbe stato in possesso di prove riguardanti il padre della signorina Darby, se tali prove davvero esistevano, sarebbe stato nella posizione di poterle fare pressione e ricattarla. In primo luogo, le avrebbe ordinato di rompere il fidanzamento, poi avrebbe preso tempo prima di intimidirla e costringerla ad accettare la sua proposta. Sembrava proprio nello stile di quel bastardo. Ma senza quelle famose prove, la sua posizione di vantaggio sarebbe crollata.

Vaughn avrebbe messo all'opera il suo maggiordomo. Craig era molto più di quello che appariva e non era sempre stato un maggiordomo. Conosceva dei metodi per spingere gli uomini a dire la verità. Se c'era qualcuno in grado di scavare fino in fondo, si trattava di lui.

I pensieri di Vaughn tornarono a Perdita e alla sua reazione al piccolo morso che lui le aveva dato alla spalla. Sebbene lui fosse molto noto per la sua abitudine di mescolare piacere e dolore a letto, non faceva mai del male alle sue partner. Milburn, invece, aveva ucciso la sua ultima amante, o così si diceva. Le voci si erano diffuse nei più sinistri tra i club e Vaughn, una volta venutone a conoscenza, aveva provato disgusto per l'uomo. Senza prove, non c'era modo per portare il caso in tribunale. In quanto gentiluomo, Milburn sarebbe sfuggito al processo.

Quella faccenda lasciava l'amaro in bocca a Vaughn; per questo aveva accettato di aiutare Perdita. Conosceva Milburn e quelli come lui. L'uomo non si sarebbe fermato di fronte a nulla prima di averla sposata, e poi la legge non avrebbe fatto nulla una volta che il marito avrebbe rivelato la propria crudeltà.

Perdita era in pericolo e l'unico modo per salvarla era offrirle la protezione definitiva: il cognome di Vaughn, acquisito tramite matrimonio. Era quello il motivo per cui lui aveva impiegato tanto tempo a darle una risposta. La donna non aveva idea del fatto che ciò di cui aveva bisogno fosse un vero matrimonio, non un falso fidanzamento. E, normalmente, lui avrebbe rifiutato.

Ma qualcosa in Perdita gli aveva fatto cambiare idea. Era accaduto in maniera sottile, durante la loro interazione. Il modo in cui lei si era ammorbidita tra le sue braccia quando Vaughn l'aveva baciata. Il modo in cui l'aveva sfidato quando lui le aveva ricordato di ciò che ne sarebbe stato della sua reputazione alla fine della sciarada. Il suo essere un'affascinante, ma innocente fanciulla di campagna che rendeva pan per focaccia. Lo aveva affascinato nel momento stesso in cui era entrata nella sua camera da letto, dove non c'era nessuno chaperon per salvarla dalle sue grinfie. Nulla di tutto ciò era stato una simulazione. Perdita era una donna che valeva la pena conoscere, una donna che aveva segreti e passioni e opinioni proprie. *Quella* era una donna che lui avrebbe potuto sposare.

Un sorriso si fece strada sul suo volto. Questa volta, si trattava di un sorriso di gioia titubante.

Vaughn entrò in salotto e si avvicinò al vassoio con le

bevande che il suo maggiordomo aveva preparato in precedenza. Si versò un bicchiere di brandy prima di prendere posto nella poltrona vicino al fuoco, che aveva cominciato a ridursi in braci. Sorseggiò il suo drink, assaporandone il gusto mentre meditava sull'occasione unica che Perdita gli aveva offerto.

Era trascorso molto tempo dall'ultima volta in cui aveva guardato al futuro con ottimismo. Dalla morte dei suoi genitori, avvenuta cinque anni prima, era stato sommerso da debiti troppo gravosi per potersi riprendere da solo. Qualunque cosa facesse, sembrava condannato al fallimento. Aveva dovuto chiudere la sua residenza di campagna, licenziare l'intera servitù con l'eccezione di un custode, e diminuire lo staff della sua casa londinese.

Aveva tirato avanti vincendo scommesse ai club, e ora anche quella fonte di reddito aveva cominciato a esaurirsi. Tutti i frequentatori dei club più importanti sapevano che non era prudente scommettere forti somme quando c'era lui dall'altra parte del tavolo da gioco. La sua capacità di vincere avrebbe dovuto aiutarlo a pagare i debiti di famiglia, ma ora nemmeno i ragazzotti più ingenui erano talmente stupidi da mettersi contro di lui.

Era diventato famoso come il Demonio di Londra nel giro di pochi mesi. Il nomignolo non l'aveva turbato quanto aveva inizialmente creduto, ma aveva fatto sì che molti uomini non volessero fare nemmeno una semplice partita a carte con lui. I suoi amici non approvavano per nulla le sue azioni e, negli ultimi anni, la maggior parte di loro lo aveva abbandonato.

Certo, Vaughn aveva fatto anche altre cose, cose peggiori, per allontanare i suoi amici. In autunno, aveva consultato il famigerato libro delle scommesse di White's e vi aveva trovato la promessa di cinquemila sterline per chi avrebbe sedotto pubblicamente una giovane donna di nome Alexandra Rockford, amica intima di Perdita.

Il rapimento non era certo un'idea allettante per lui, a meno che la signora in questione non *volesse* essere rapita. Vaughn aveva giocato a quel gioco alcune volte, con risultati piacevolissimi, ma rapire Alexandra era stato... *terribile*.

Si concesse un momento di disgusto di sé. La notte in cui aveva portato Alexandra a casa sua per simularne la rovina in nome di una scommessa aveva lasciato una macchia nera sul suo animo. Vaughn odiava se stesso molto più di quanto avesse mai fatto in passato, la qual cosa dimostrava quanto fosse disperato. Quel disgusto era degenerato fino a lasciargli una cicatrice sul cuore. Una che dubitava sarebbe mai scomparsa.

Quando si era ritrovato Perdita sulla soglia di casa, quella sera, non si era aspettato di provare alcunché. E invece, lo aveva fatto. Perdita aveva abbassato il cappuccio e i suoi capelli castani si erano tramutati in bronzo lucido alla luce delle lampade. I suoi occhi, di una delicata sfumatura di marrone simile al topazio, si erano fatti caldi come il miele. Il sangue di Vaughn era ribollito dal desiderio come non capitava da tempo. Se quello non era un motivo sufficiente per sposare la ragazza, Vaughn non sapeva esattamente cos'altro lo fosse.

Uscì dal salotto e andò a cercare il suo maggiordomo. Trovò l'uomo maturo in ufficio, nel seminterrato della casa.

"Signor Craig, ho un compito da affidarvi."

Il maggiordomo sollevò lo sguardo dai documenti sulla sua scrivania e soppesò Vaughn con un'occhiata. "Devo dedurre che si tratta di un compito al di fuori dei miei consueti doveri?"

"Esattamente."

Il signor Craig sospirò. "Milord, io non sono più un giovanotto."

"Non si tratta di un mio desiderio egoista, signor Craig. Quella giovane che mi avete portato ha bisogno del nostro aiuto. La sua stessa vita potrebbe dipendere da esso."

Quelle parole parvero concedere al signor Craig un rinnovato vigore. L'uomo si alzò in piedi come se avesse avuto vent'anni di meno. "Dite pure, milord."

"Un uomo di nome Samuel Milburn sostiene di essere in possesso di prove secondo le quali il signor Reginald Darby sarebbe coinvolto in attività di contrabbando ed evasione fiscale. Milburn sta utilizzando queste presunte prove come strumento di pressione per convincere la figlia di Darby a sposarlo."

Il signor Craig si accigliò. Anche se non ne aveva l'aspetto, era un gran romanticone. Vaughn lo aveva sorpreso a leggere le opere di L. R. Gloucester, uno scrittore di romanzi gotici, in più di un'occasione. Il pensiero che un uomo usasse simili mezzi di coercizione su una donna doveva essere abominevole per lui.

"Voglio che voi indaghiate su questa faccenda. La signorina Darby è convinta che suo padre abbia investito presso uomini in combutta con Milburn. Può darsi che costoro stiano cercando di fabbricare prove fasulle che implichino Darby come il colpevole delle loro malefatte. Ciò di cui abbiamo bisogno è la prova che Milburn sta cercando di ricattare la famiglia Darby, o che il signor Darby è innocente. E, se possibile, voglio che voi fermiate chiunque stia causando il problema, se capite cosa intendo."

Il sorriso tetro del signor Craig era un ricordo dell'uomo che un tempo egli era stato, un uomo che aveva combattuto valorosamente per il suo Paese negli anni cupi del passato.

"Agli ordini."

Il maggiordomo parlava raramente di quel periodo della sua vita e, quando lo faceva, spesso si esprimeva tramite allegorie, ma Vaughn aveva visto in più di un'occasione ciò di cui era capace il signor Craig. E nonostante egli lamentasse l'età avanzata e la stanchezza, ci voleva poco per riaccendere in lui l'antico fuoco.

Vaughn lasciò solo il maggiordomo e chiamò il suo valletto, sapendo che l'uomo doveva essere ancora sveglio.

"Barnaby!" La voce di Vaughn risuonò nel corridoio buio. Qualche istante dopo, il suo servitore fece capolino da dietro la porta che conduceva ai quartieri della servitù.

"Milord?"

"Preparami un bagaglio per almeno una settimana. Tra qualche giorno andremo a Lothbrook e vi trascorreremo il Natale." Vaughn inclinò la testa e svuotò il bicchiere di brandy prima di incamminarsi verso le scale per tornare alla sua camera da letto.

Barnaby arricciò il naso. "Di nuovo Lothbrook? Devo ancora finire di spolverare i vostri pantaloni dall'ultima volta, milord." L'uomo borbottò quelle parole più a se stesso che al suo padrone. Nessuno di loro due amava molto la campagna: era terribilmente provinciale. Ma se Vaughn doveva tornare laggiù per sedurre la sua ignara sposa, così avrebbe fatto.

Si sarebbe preoccupato dei dettagli del viaggio in mattinata, una volta dopo aver ricevuto l'invito dei genitori di Perdita nella loro tenuta. Con un altro sorrisetto, tornò alla sua camera da letto e cominciò a spogliarsi. Dormiva sempre nudo, anche d'inverno. Era un'abitudine che, senza dubbio, avrebbe sconvolto la sua futura sposa, ma aveva il sospetto che anche lei avrebbe trovato dei modi per sconvolgerlo. Chiuse gli occhi, lasciando che nella sua mente lampeggiassero immagini di Perdita mentre lui si chinava a baciarla, e il ricordo fece resuscitare il sorriso sulle sue labbra.

L'occhiata sconvolta, poi il modo in cui lei si era sciolta tra le sue braccia. Perdita aveva avuto il sapore del miele e del fuoco, ardente, ma di una dolcezza impossibile. Vaughn sentiva ancora il velluto del suo mantello, appallottolato tra le mani mentre la afferrava. In quel momento, avrebbe voluto infilarle una mano sotto le gonne, ma sarebbe stato eccessivo, per quanto Perdita sostenesse di non essere una creatura innocente.

Era una donna sensuale, questo Vaughn glielo concedeva, ma ancora ingenua sotto molti aspetti. Introdurla ai misteri dell'unione tra il maschile e il femminile non era qualcosa che si potesse affrettare. Frettolosi accoppiamenti al buio non sarebbero andati bene. No, la signorina Darby meritava una seduzione ben progettata e deliziosamente lenta, del corpo e dello spirito.

Vaughn si sedette sul bordo del letto, passandosi le mani tra i capelli mentre rifletteva sulla mossa successiva. L'indomani, avrebbe dovuto acquistare un anello. Aveva poco denaro, ma avrebbe trovato una soluzione. Il suo sorriso si allargò in un ampio sogghigno. Le forze invisibili del destino erano apparse decise a impedirgli di ripristinare il buon nome della sua famiglia presso il *ton*, e ora lui aveva trovato un modo per sconfiggerle: sposare la beniamina del *ton*. La signorina Darby era la risposta alle sue preghiere. Sarebbero rimasti tutti sconvolti.

La signora più dolce di Londra accoppiata col suo demonio più feroce.

PERDITA ERA IN PIEDI ACCANTO ALLA SCRIVANIA DI SUA madre nel salottino privato di lei, il cuore che batteva più forte di quanto avrebbe dovuto. Sua madre sedeva al delicato scrittoio e stava controllando con diligenza l'elenco degli invitati alla festa che avrebbero colmato la loro tenuta di campagna qualche giorno dopo. Perdita si mosse nervosamente, e lo scialle rosso le ricadde dalle spalle e rimase sospeso all'altezza dei gomiti e della vita.

"Perdita, cara, stai procrastinando. Sai bene quanto io detesti la procrastinazione. Dimmi quello che devi dirmi o vattene."

Lisciandosi le gonne dell'abito rosa pallido, Perdita avvicinò a sua madre e si schiarì la voce.

"Vorrei aggiungere un ospite all'elenco, mamma, se non ti dispiace. So che abbiamo delle stanze libere." La tenuta era molto antica e, pur non possedendo la pompa di quella di una famiglia di pari titolati, rivaleggiava comunque con molte delle dimore aristocratiche di campagna. Vantava non meno di venti camere da letto, una sala da ballo e una sala della musica. Perdita aveva numerosi ricordi sgradevoli che la vedevano protagonista nell'atto di pizzicare un'arpa durante un'esibizione musicale organizzata in occasione del suo debutto, avvenuto due anni prima.

Sua madre sollevò lo sguardo; sottili ciocche di capelli castani e argentei che facevano capolino dal suo turbante. "Oh? E chi vorresti che invitassi?"

Perdita raddrizzò la schiena. "Il mio fidanzato."

La penna nella mano di sua madre parve rimanere sospesa per un istante a mezz'aria prima di cadere rumorosamente sulla scrivania, macchiando di inchiostro l'angolo dell'elenco che sua madre stava scrivendo.

"Il tuo…"

"Fidanzato. Sì."

Gli occhi di sua madre erano grandi come piattini da tè. "Dunque hai accettato il corteggiamento del signor Milburn?"

"Ehm… no. Si tratta di un'altra persona."

"Come? Ma chi?"

Perdita comprendeva lo stupore di sua madre. Erano trascorsi due lunghi anni dal suo debutto e, nel primo anno, lei aveva rifiutato tutte le offerte che aveva ricevuto. Durante la seconda Stagione, non ne aveva ricevuta nessuna. Piuttosto che diventare zitella, si era creata una reputazione di giovane donna di buon carattere. Le debuttanti le chiedevano consiglio, le mammine dell'alta società cercavano di carpire il nome della sua modista e i gentiluomini amavano conversare con lei.

Perdita era molto abile nell'interpretare il ruolo che le era stato assegnato. Affascinante e cordiale, era bene accetta in tutte le case di Londra. L'unica cosa che *non* aveva fatto era stato accettare corteggiatori. Gli uomini d'Inghilterra si erano arresi, fino a quando lei non aveva incontrato Samuel Milburn a una cena, qualche mese prima.

Il loro incontro era stato breve e decisamente freddo, almeno dal punto di vista di Perdita. Milburn aveva completamente ignorato il suo freddo distacco e, il giorno dopo, aveva informato i genitori di Perdita delle proprie intenzioni. Una volta che lei ne era venuta a conoscenza, aveva formulato quel piano disperato e preso tempo fino a quando non si era sentita abbastanza sicura per rivolgersi a Vaughn.

"Si tratta di lord Darlington, mamma. Lui e io ci siamo frequentati in segreto. So che disapprovi queste cose, ma volevamo essere sicuri del nostro affetto prima di lasciare che la società si impicciasse dei nostri affari."

Sua madre strabuzzò gli occhi. "Darlington? Mah... Santo cielo, e Milburn? Non posso disdire il suo invito per Natale. Era felicissimo all'idea di andare a caccia con tuo padre."

"Lo so..." Perdita finse di riflettere attentamente su quel dilemma, anche se aveva già preso una decisione. "È giusto che venga comunque. Tuttavia, dobbiamo estendere l'invito anche a lord Darlington."

Sua madre prese la penna e fece per scrivere, ma si fermò. "Sei sicura, cara? Ho sentito dire che lord Darlington è molto audace, forse troppo. So che a settembre ti ho detto scherzosamente di cercare di attirare la sua attenzione, ma non dicevo sul serio."

"Lui è visconte, mamma. Il suo titolo ci farà guadagnare prestigio, giusto?"

"Certo, ma questo non è un motivo per sposare un uomo. Un conto sarebbe se tu lo amassi, ma se non lo ami, non mi aspetto certo che tu lo sposi."

Perdita trattenne il fiato mentre cercava il coraggio di mentire a sua madre, cosa che non le era mai piaciuto fare e che evitava ogni qualvolta era possibile.

"Io lo amo, mamma, e credo che col tempo riuscirei a domare il suo spirito irrequieto." Ciò detto, rivolse a sua madre un'occhiata implorante.

"Beh, questo è certamente possibile, anche con le peggiori canaglie. Dopotutto, io ho domato tuo padre."

Si udì un forte colpo di tosse provenire dalla soglia. Perdita si voltò e vide suo padre. L'uomo aveva un aspetto molto elegante coi pantaloni e il gilet blu, i baffi grigi che guizzavano mentre le guardava.

"Domato *me?*" rise suo padre. "Donna, tu non mi hai domato."

"Certo che sì!" Sua madre si alzò, allontanandosi dalla scrivania e avvicinandosi al marito. "Ai tuoi tempi, eri una vera e propria canaglia, e farti rinsavire è stata un'impresa."

Perdita arrossì nel guardare i suoi genitori.

"Te l'ho solo lasciato credere." Gli occhi di suo padre brillarono mentre prendeva la madre di Perdita per la vita e la attirava a sé, baciandole una guancia.

"Santo cielo, Reginald!" sibilò sua madre; ma sorrideva nel rimproverarlo. "Non qui!"

"D'accordo." Reginald sospirò con fare drammatico. "Com'è che si parla di domare uomini?"

"Dunque." La madre di Perdita la indicò. "Sembra che tua figlia si sia fidanzata e che abbia deciso di dircelo solamente ora."

"Quindi Milburn ha chiesto la tua mano?" Suo padre la osservò incuriosito. Il suo sguardo era severo piuttosto che felice, considerato che sua figlia aveva appena annunciato il proprio futuro matrimonio.

Perdita scosse la testa. "Ehm, no, a dire il vero. È stato lord Darlington. Ti ricordi di lui, vero, papà? È venuto alla festa in giardino a settembre ed è rimasto con noi per un po'."

Papà inarcò un sopracciglio scuro. "Darlington. Non vorrai dire..."

"Sì." La madre di Perdita poteva anche essere accecata dalla gioia di sapere che la sua bambina si sarebbe sposata, ma suo padre era un tipo un po' più pratico e, forse, avrebbe potuto cogliere il raggiro.

"E tu vuoi farlo venire qui a Natale, giusto? Beh, fai pure, così io potrò prendergli le misure e vedere se è adatto a te. Per prima cosa dovrà passare da me, come ha fatto quel Milburn." Suo padre cercò di mostrarsi severo, ma nei suoi occhi c'era un barlume che le fece venire voglia di ridere. Se solo fosse stata davvero fidanzata. Era sorprendente vedere quant'erano felici i suoi genitori.

"Volevamo tenere il segreto fino a quando non saremmo stati sicuri." Perdita lanciò a suo padre uno sguardo implorante, sperando che lui le credesse. Aveva bisogno che Vaughn venisse lì. Aveva cercato, in precedenza, di accennare a suo padre della reputazione di Samuel Milburn, ma l'uomo l'aveva liquidata come semplici chiacchiere. Sapeva bene che i pettegolezzi, in passato, avevano rovinato delle vite ingiustamente e non voleva sentirne parlare. Quella era stata una delle poche occasioni in cui Perdita si era infuriata con lui.

"Hmm, beh, invitate pure quel ragazzo." Il padre di Perdita baciò sua madre sulla guancia e le lasciò di nuovo sole.

"Perdita, cara, naturalmente sono felicissima per te, ma sei proprio sicura che Darlington sia quello giusto? Voglio dire, potresti ricevere delle offerte da altri gentiluomini. Temevo che..." Sua madre si interruppe e un silenzio pesante colmò la stanza. Era solo una questione di tempo prima che il *ton* si stancasse di lei e Perdita finisse su uno scaffale, destinata a rimanere zitella a vita. La cosa non le dispiaceva, ma sapeva che i suoi genitori volevano vederla felicemente sposata.

"Vaughn è quello giusto per me." Perdita usò di proposito il nome di battesimo del visconte e lo stratagemma ebbe l'effetto desiderato.

"Siete davvero innamorati? Sai che ho sempre voluto che tu sposassi un uomo che amavi. È per questo che invito sempre ogni giovanotto che trovo, nella speranza che egli sia quello perfetto per te. Milburn mi sembrava molto premuroso e tutti parlavano bene di lui. Speravo che tu avresti pensato lo stesso... ma se il tuo cuore appartiene a lord Darlington, non ci sono alternative, giusto?"

Perdita afferrò le mani di sua madre e le strinse. La donna aveva sempre avuto la passione di combinare matrimoni, ma Perdita sapeva che le sue intenzioni erano genuine. Aveva sposato papà per amore e voleva che sua figlia facesse lo stesso. Per quanto fosse spesso esasperante, era anche davvero meravigliosa. Era quello il motivo per cui mentirle faceva tanto male.

"Sì, siamo innamorati. Non avrei mai creduto di conquistare il cuore di un uomo come Vaughn, ma in qualche modo, ce l'ho fatta."

"Conquistare il suo cuore?" Sua madre ridacchiò. "All'inizio, devi solo conquistare la sua mente. È lui a dover conquistare il *tuo* cuore." Sua madre ricambiò la stretta di mani. "D'accordo, inviterò il tuo caro Darlington." Ammiccò a Perdita e tornò alla scrivania per riprendere a compilare l'elenco degli ospiti.

"Se non ti dispiace, mamma, oggi pomeriggio dovrei andare a prendere il tè con lady Lysandra Russel da Gunter's."

"Ma certo." Sua madre tornò a concentrarsi sull'elenco. "Manda i miei saluti a sua madre e porta con te un lacchè."

"Grazie, mamma. Non dimenticare di spedire l'invito di Darlington oggi. Vorrei che venisse da te, così lui si sentirebbe più bene accetto."

"Consideralo fatto." Sua madre avvicinò a sé un foglio di carta bianca e cominciò a scribacchiare con la penna, chinando la testa coperta dal turbante.

Perdita chiamò Hensley, uno dei giovani lacchè, per farsi portare il mantello e far chiamare una carrozza. Faceva troppo freddo per i gelati, la leccornia per la quale

Gunter's era più famoso. Meglio il tè. Inoltre, avrebbero dovuto stare al coperto. Gunter's era una meraviglia col bel tempo. Una signora poteva arrivare in Berkeley Square e rimanere nella carrozza aperta mentre gli uomini correvano da Gunter's a portare i gelati ai clienti in attesa. Ma per le intenzioni che aveva lei quel giorno, l'interno andava benissimo. Lei e Lysandra avevano cose importanti di cui discutere.

Hensley le venne incontro alla porta e le tese il mantello blu scuro. Perdita lo indossò e infilò le mani in un manicotto di visone bianco. Poi, lei e Hensley si recarono alla carrozza che li attendeva.

Una volta arrivati da Gunter's, Hensley entrò con lei, ma rimase distante, in modo che Perdita potesse godersi un po' di tempo da sola con la sua amica. Lysandra Russell attendeva seduta a uno dei tavoli con un servizio da tè di fronte a sé. I suoi capelli rosso acceso erano come una fiamma che danzava alla luce delle lampade della sala da tè. Lysandra non sembrava notare gli sguardi di apprezzamento degli uomini che la circondavano. Ma Lysa era fatta così: aveva sempre la testa sepolta nei libri e la mente occupata dai progetti suoi e di Perdita.

"Lysa." Perdita prese posto su una sedia vuota di fronte alla sua amica al piccolo tavolo da tè.

"Oh! Perdonami, Perdita." Lysa arrossì e sollevò la testa dal mucchio di lettere che aveva di fronte. Se le mise in grembo e versò una tazza di tè alla sua amica.

"Grazie." Perdita si tolse il manicotto dalle mani e sorseggiò il tè.

Lysa sorrise radiosa. "Il nostro articolo sulle scoperte astronomiche degli ultimi mesi è pronto per essere pubblicato. Credo che, forse, questa volta potrebbero accettarlo." Lysa sorrise a trentadue denti e accennò col capo allo pseudonimo che avevano scelto per nascondere il loro sesso: P. L. Bottomsley.

"Ho scritto una lettera di presentazione come si deve. Ufficialmente, noi siamo un gentiluomo di Tintagel, in Cornovaglia. Mi sono procurata un indirizzo locale. C'è un uomo di nome Michail Barinov, che ha accettato di ritirare la corrispondenza e consegnarla a Londra. Credo che, questa volta, abbiamo le carte in regola. La Società Astronomica di Londra *deve* pubblicarci."

Perdita non riuscì a trattenere a sua volta un sorriso. Quello era il suo sogno: che le loro osservazioni e le loro scoperte scientifiche venissero pubblicate. Poiché loro due erano donne e non studiosi gentiluomini, i loro articoli venivano sempre rifiutati. Di conseguenza, avevano pensato a uno stratagemma. Il fatto che ci fosse bisogno di una cosa del genere era frustrante.

"Ottimo, Lysa." Perdita prese l'articolo e lesse con attenzione le parole scritte in bella grafia, controllando attentamente ogni pagina. Poi lo restituì a Lysa, che lo infilò in una cartelletta di cuoio.

"Lo spedirò domani mattina, tramite un corriere; se dovessimo avere successo, te lo farò sapere."

"Ottimo." Perdita passò lo sguardo sul negozio, osservando le coppie che prendevano il tè. Gunter's era uno dei pochi luoghi di Londra dove una signora poteva incontrare un gentiluomo da sola, senza preoccuparsi di scandali o rovina. La porta si aprì col tintinnio di un campanello quando un gruppo di uomini entrò a ripararsi dal freddo. Perdita riconobbe uno di loro e il suo cuore precipitò.

Samuel Milburn era lì.

"Lysa, mi dispiace, ma devo andarmene immediatamente." Perdita annuì con discrezione verso Samuel, che si stava togliendo cappello e cappotto.

Lo sguardo di Lysa si posò sull'uomo mentre lei annuiva. "Certo. Buona fortuna."

Perdita fece segno a Hensley di avvicinarsi.

"Signorina?" chiese Hensley, spazzando via delle briciole dei pantaloni.

"Vorrei andarmene. Per favore, fai portare subito la carrozza."

Hensley si infilò il cappotto e uscì a capo chino. Perdita badò a tenersi lungo il limitare della sala da tè mentre si muoveva, destreggiandosi tra le coppie e i tavoli, cercando di nascondersi alla vista di Samuel. Sollevò il cappello e raggiunse la porta appena in tempo per udire parte della conversazione dell'uomo con gli altri gentiluomini.

"Non avete ancora chiesto la mano della piccola Darby?" chiese uno degli uomini.

Samuel ridacchiò. "Non ufficialmente. Aspetterò Natale. Le donne adorano quel genere di situazioni romantiche. Inoltre, devo essere sicuro che sia mia. Devo riuscire ad averla prima di prendere una decisione. C'è un tale fuoco, in lei, che credo sarà un piacere domarla. Ma devo essere sicuro. Potrebbe essere una di quelle piagnucolose debuttanti virginali. Robaccia. Voglio che mi resista prima di piegarla completamente."

I suoi compari risero; uno di loro paragonò quello 'sport' alla caccia di un animale selvatico.

Milburn sogghignò. "Proprio così, tranne che l'uno deve essere impagliato prima di montarlo e l'altra va montata per essere impagliata."

Il rumore sgradevole delle risate volgari degli uomini per poco non le fece perdere la pazienza. Non avrebbe sopportato di udire una sola parola in più. Uscì di corsa al freddo, senza curarsi del fatto che il vento gelido lei avrebbe ferito il viso. Le minacce di Samuel erano inimmaginabili. Come poteva il *ton* essere cieco a tal punto da non vedere il male che era in lui? E tuttavia, lei temeva che nell'anima di quell'uomo albergasse proprio quel genere di oscurità. Milburn era un individuo senza cuore, che pensava solo ai propri bisogni. Perdita non sarebbe diventata la sua vittima; avrebbe fatto qualunque cosa per sfuggire a una tale malvagità. Vaughn sarebbe stato la sua salvezza. Lei si fidava di lui, la qual cosa avrebbe dovuto essere sorprendente, ma non sembrava tale.

Il male e la sofferenza proiettavano ombre molto diverse sul volto di un uomo. Il male era una presenza cancerosa, che soffocava e strangolava tutto ciò che di buono lo circondava. Ma la sofferenza era qualcosa di molto diverso. Gli occhi di Vaughn erano tinti di ombre di dolore e mancanza. Era un'oscurità che, un giorno, i raggi del sole avrebbero forse potuto disperdere. Perdita aveva intravisto la speranza che ciò accadesse negli occhi del visconte quando l'aveva baciato la sera prima, come luce solare che penetrava dalle finestre aperte di una villa che era rimasta per secoli immersa nell'oscurità. Lei sapeva che era sciocco trarre piacere dell'idea che il loro bacio avesse potuto alleviare le pene del visconte, quali che esse fossero, ma così era.

Cercò con lo sguardo Hensley e vide con un certo sollievo che la carrozza si stava già avvicinando. Non vedeva l'ora di allontanarsi da Samuel. Lui e i suoi compari avevano confermato i suoi peggiori incubi.

Grazie al Cielo c'è Vaughn.

Hensley fece arrestare la carrozza al cocchiere e la aiutò a salire. I cuscini di velluto erano freddi, ma Perdita sospirò per il sollievo quando Hensley le mise vicino uno scaldapiedi.

"Dove andiamo, signorina?" chiese Hensley.

"A casa, immagino." Perdita scostò le tendine del finestrino che dava sul lato opposto della piazza, ma poi sollevò una mano. "Un momento. Rimani qui. Vorrei andare in quel negozio. Quello laggiù."

Indicò una piccola gioielleria dall'altra parte della strada. Avrebbe potuto giurare di aver visto Vaughn entrare. Si era trattato di una visione dovuta al fatto che aveva appena pensato a lui? C'era un solo modo per scoprirlo.

Perdita scese dalla carrozza e si diresse verso la fila di negozi. Se quello che aveva visto era Vaughn, doveva riferirgli ciò che aveva udito da Gunter's. Il visconte aveva il diritto di conoscere le intenzioni di Samuel. Avrebbe potuto avere un'idea su come proteggerla da quell'uomo, dato che Milburn aveva espresso ad alta voce l'intento di metterla con le spalle al muro.

Hensley chiuse la porta della carrozza alle sue spalle e la seguì mentre Perdita oltrepassava un negozio di cappelli e raggiungeva la gioielleria. Il piccolo negozio era riscaldato, ma un lieve odore di muffa proveniva dagli scaffali dove una varietà di collane erano appese negli espositori, e braccialetti e anelli erano messi in mostra in teche di vetro. Era chiaro, dal loro disegno, che si trattava di gioielli vecchi, di fattura non recente.

Perdita si mise a cercare Vaughn nel negozio. Si fermò dietro una fila di alti scaffali, cominciando a pensare che, forse, aveva semplicemente visto un gentiluomo che gli somigliava vagamente.

Una voce provenne dall'altro lato della parete di gioielli

dietro cui si trovava Perdita. "Milord, cosa posso fare per voi?"

Perdita raddrizzò le orecchie a quel suono. Era pronta a mettersi a cercare il gioielliere, ma qualcosa la trattenne. Rimase nascosta e sbirciò tra gli scaffali polverosi, sopprimendo con una mano l'impulso a starnutire. Intravide un anziano negoziante dal naso a uncino e con gli occhiali, intento a parlare con un uomo alto e dai capelli biondo scuro. L'uomo le dava le spalle, ma Perdita era sicura che si trattasse di Vaughn.

"Quanto potete darmi per questo?" Vaughn tese un orologio da taschino, un esemplare molto vecchio, ma splendido. La placcatura d'argento brillava alla luce mentre l'oggetto penzolava da una bella catenina. Il gioielliere prese l'orologio e lo sollevò, costringendo Vaughn a cambiare leggermente posizione. Il visconte distolse lo sguardo dal gioielliere, permettendo a Perdita di intravedere il suo profilo e la sofferenza incisa sul suo volto.

"Beh, diamo un'occhiata." Il gioielliere si fermò per aggiustarsi gli occhiali e osservò attentamente l'orologio.

"Ottima fattura, con lo stemma della famiglia Darlington... Una quarantina di sterline, credo. Siete proprio sicuro di volervene liberare, milord?" Il gioielliere osservò l'orologio e poi Vaughn. Perdita trattenne il fiato. Alle sue spalle, Hensley si mosse, e lei sollevò di scatto una mano, afferrando il servitore per un braccio e portandosi l'altra mano alle labbra per intimargli di tacere. Non voleva interrompere qualunque cosa Vaughn stesse facendo.

Sembrava che il visconte stesse vendendo un cimelio di famiglia. Considerate le condizioni della sua dimora – l'assenza di mobilio e lo sfacelo generale – la cosa non avrebbe dovuto sorprenderla. E tuttavia, a voler essere onesta, Perdita non voleva credere che Vaughn fosse in condizioni economiche tanto misere da vedersi costretto a vendere un oggetto tanto personale. Il suo cuore ebbe una dolorosa fitta mentre lei tratteneva il fiato, ascoltando.

"Quaranta? Mi sembra un prezzo onesto. C'è un anello con cui potrei scambiarlo?" Vaughn appoggiò l'orologio sul bancone, tra lui e il gioielliere. Le sue dita esitarono per un istante prima di lasciare l'orologio. Il cuore di Perdita ebbe un'altra, dolorosa fitta. Vaughn stava cercando degli anelli? Perché mai avrebbe dovuto voler vendere un orologio per acquistare un anello?

Poi fu colpita da un pensiero. L'anello era forse per lei?

Il gioielliere appoggiò sul bancone un astuccio foderato di velluto. "Questi sono molto belli." Perdita si alzò in punta di piedi per avere una visuale migliore. Per fortuna, gli scaffali erano aperti e lei poteva sbirciarvi attraverso.

"Questo è un rubino?" Vaughn indicò un anello. Perdita non riuscì a vedere quale, perché il corpo dell'uomo le bloccava la visuale.

"Sì, è un bel rubino. È uno scambio equo per l'orologio," disse il gioielliere.

"Ottimo." Vaughn spinse l'orologio verso il commerciante. "Avete una confezione in cui metterlo?"

"Certo." Il gioielliere svanì nel retro del negozio e, pochi istanti dopo, uscì con una scatolina foderata di velluto blu. Vi mise dentro l'anello e porse il tutto a Vaughn.

"Grazie." Vaughn prese la scatolina e la mise al sicuro nella tasca interna della giacca, per poi recuperare il cappello dal bancone.

"Arrivederci, milord," disse il gioielliere mentre Vaughn si voltava verso la porta – e verso Perdita. Lei afferrò Hensley e lo spinse repentinamente verso la parte opposta dello scaffale, evitando di un soffio di essere vista da

Vaughn mentre questi usciva. Una volta sicura che il visconte non fosse più nel negozio, lei e Hensley girarono attorno allo scaffale e si avvicinano al bancone dove, fino a poco prima, si era trovato Vaughn. Il gioielliere stava rimettendo gli anelli nella vetrinetta.

"Oh! Buongiorno, signorina," disse il gioielliere. "Non mi ero accorto che foste entrata. Come posso esservi d'aiuto?" L'uomo si pulì le mani nel grembiule e si sistemò gli occhiali con un ampio sorriso.

Perdita notò che l'orologio di Vaughn era ancora appoggiato sul bancone e cercò di fingere un interesse solo vago. "Che bell'orologio. Posso vederlo?" chiese.

Il gioielliere la guardò perplesso. "Questo vecchio orologio da taschino?"

Lei annuì, lanciando un'occhiata alla porta. Non pareva che Vaughn fosse intenzionato a ritornare.

"Naturalmente." Il gioielliere posò l'orologio sul bancone, in modo che Perdita potesse esaminarlo. Era piuttosto vecchio; doveva essere appartenuto al padre di Vaughn, o forse persino a suo nonno. Come poteva egli sopportare l'idea di separarsene? Per un anello, poi?

Perdita non aveva pensato a ciò che sarebbe stato necessario per dimostrare il loro fidanzamento fittizio. Vaughn aveva ritenuto necessario procurarsi una prova del genere? O forse l'anello era destinato a un'amante? Chissà perché, Perdita non credeva che il caso fosse quello. Se il visconte era povero come lei ora credeva fosse, non poteva permettersi un'amante. Ciò le lasciava la triste consapevolezza che l'anello doveva essere per lei e che l'uomo aveva venduto il suo orologio per procurarselo. Doveva ricomprarlo. Vaughn aveva venduto l'orologio, che lei sospettava essergli molto caro, per un anello che Perdita credeva avesse intenzione di dare a lei. Di conseguenza, lei si sarebbe assicurata che l'uomo riavesse il suo orologio al momento giusto. Vaughn era un uomo orgoglioso e lei non intendeva mettere a rischio il suo orgoglio rendendogli noto che era stata testimone di quel momento.

"Quanto?"

"Come, signorina?" Il gioielliere inarcò le sopracciglia.

"Quanto per l'orologio? Vorrei comprarlo." Non voleva che Vaughn perdesse uno degli ultimi frammenti del passato della sua famiglia, se lei poteva impedirlo.

"Beh... credo che cinquanta sterline siano un prezzo onesto."

Perdita incrociò lo sguardo del negoziante. "Ma voi lo avete scambiato per un valore di quaranta."

"Quarantacinque, allora," controbatté il gioielliere.

Perdita sollevò il mento. "Quarantadue."

Il gioielliere la imitò. "Quarantatré."

"Siamo d'accordo." Perdita appoggiò la borsetta sul bancone e contò le banconote. Era raro che portasse con sé forti somme di denaro, ma aveva progettato di fare alcuni acquisti dopo il suo incontro con Lysandra. Non aveva pensato che lo avrebbe fatto per il suo falso fidanzato.

Chiese al gioielliere di incartare il suo acquisto e affidò la scatolina a Hensley.

"Andiamo a casa, adesso?" Il tono esitante del servitore le fece capire che sperava in una risposta affermativa.

"Non ami gli incontri clandestini o le missioni segrete, Hensley?" lo prese in giro lei. Il lacchè, un uomo di età vicino alla sua, arrossì fino all'attaccatura dei capelli.

"Non è così, signorina... Sono solo preoccupato per voi."

Il commento schietto del lacchè la colse alla sprovvista.

"Preoccupato per me?" chiese. Il servitore non riuscì a guardarla negli occhi.

"Non avrei dovuto permettermi, signorina. Chiedo scusa." Il giovane continuò a evitare il suo sguardo e lei non lo costrinse a continuare il discorso. Soprattutto perché temeva la risposta. La servitù tendeva a compatire in maniera insopportabile le zitelle, come se persino i più infimi tra di loro si dispiacessero per le fanciulle nubili che invecchiavano sullo scaffale.

Quel pensiero le inacidì lo stomaco. Le donne avevano il diritto ad aspirare a posizioni diverse da quelle di moglie e madre, giusto? E tuttavia, quelle erano le uniche posizioni alle quali la società attribuisse un valore. Non era colpa sua se non voleva essere considerata un animale da riproduzione. La sola idea le faceva venire voglia di ribellarsi. Una volta che lei e Vaughn avrebbero concluso la sciarada e Milburn avesse perso interesse, Perdita avrebbe rinnovato gli sforzi per far pubblicare i suoi articoli di astronomia.

"Dobbiamo fare ancora una sosta," annunciò. "Di' al cocchiere di portarci in HalfMoon Street." Ciò detto, salì in carrozza e ascoltò Hensley dare ordini al cocchiere.

Guardò con entusiasmo fuori dal finestrino quando raggiunsero Lennox House. Si trattava di una struttura dalla bellezza stupefacente, che emanava potere e bellezza. Il fiato caldo di Perdita appannò il vetro. Lei sfregò la mano guantata sul finestrino per togliere parte della condensa e vedere meglio.

La carrozza si fermò e Perdita ordinò a Hensley di aspettare assieme al conducente. A seconda di quanto la sua richiesta avrebbe fatto infuriare la sua amica Rosalind, era possibile che si sarebbe ritrovata buttata in mezzo alla strada. Avvertì le avvisaglie di un piccolo attacco di panico, ma lo soppresse. Loro due erano amiche e, sebbene Perdita non avesse avuto occasione di andare a trovare Rosalind da quando lei aveva sposato lord Lennox ed era andata a vivere in casa sua, la situazione non avrebbe dovuto essere cambiata di molto, o almeno così sperava lei.

Bussò col grosso battente di argento e attese. Il maggiordomo venne ad aprirle e lei fu sollevata quando fu ammessa in casa una volta che il servitore ebbe fatto le domande di rito.

Il maggiordomo la accompagnò in un salotto. Rosalind stava lavorando a una scrivania vicino al fuoco.

"Perdita." Rosalind si alzò al suo ingresso. "Come stai?" La voce della donna aveva un accento scozzese, che lei non cercava più di nascondere come un tempo. L'accento dava a quella donna dai capelli scuri un fascino fortissimo, con una nota dell'atmosfera selvaggia delle Highlands.

"Bene. E tu?"

"Benissimo." Gli occhi grigi di Rosalind brillarono. "Sei venuta a parlare dei tuoi investimenti?"

"Sì, beh, può darsi. Si tratta di una faccenda d'affari, ma di natura piuttosto delicata."

Il sorriso aperto della sua amica si trasformò in una smorfia. "Ci sediamo?" Rosalind la condusse a un divanetto di broccato rosso e versò una tazza di tè da una teiera sul tavolo.

"Grazie." Perdita si fece coraggio in previsione di ciò che doveva fare. Non era da lei porre richieste del genere ai suoi amici.

Rosalind parve notare la sua esitazione. "Siamo amiche, Perdita. Chiedi quello che sei venuta a chiedere."

"È una storia piuttosto lunga, ma cercherò di farla breve. Sto cercando di evitare il fidanzamento con Samuel Milburn, nelle cui intenzioni non ho fiducia. Non voglio scendere nel dettaglio, ma sto subendo pressioni piuttosto sgradevoli per accettare. Ho stretto un patto col visconte Darlington, che interpreterà il ruolo del mio fidanzato per scoraggiare Milburn. Ma il prezzo chiesto da Darlington è...” Le parole le andarono di traverso; Perdita detestava dire una cosa del genere a un'amica. “Beh, le sue finanze sono in condizioni difficili e lui desidera che io chieda a tuo marito di coinvolgerlo nel suo prossimo investimento.” Ecco fatto. L'aveva detto, anche se farlo le aveva lasciato un sapore amaro sulla lingua.

Per un lungo istante, Rosalind non disse nulla, le sopracciglia inarcate mentre osservava con attenzione Perdita. Credeva che lei stesse solo cercando di usarla? Stava mettendo in discussione la loro amicizia?

“Darlington, hai detto?” Rosalind contrasse le labbra e rifletté. “Non lo conosco, ma ho sentito parlare di lui. È un bel tipetto. Sei sicura di volerti associare in maniera tanto pubblica a lui?”

Perdita sorseggiò il tè e annuì. “Nonostante quello che tu potresti aver sentito di Samuel Milburn, ti assicuro che quell'uomo è una bestia. Ha tutta l'intenzione di piegarmi, se riuscirà a compromettermi e a costringermi a sposarlo.”

“*Piegarti?*”

“Annientare il mio spirito, e forse non solo quello.”

Lo sguardo pensieroso di Rosalind si trasformò in un cipiglio. “Non ho sentito parlare molto di questo Milburn, ma se ti spaventa, non gli permetteremo di metterti nella posizione di essere costretta a sposarlo.” Rosalind prese un campanellino dal vassoio del tè e lo suonò. Apparve un lacchè, a cui Rosalind disse: “Per favore, di' a mio marito che desidero parlargli.”

Il servitore si inchinò e svanì.

“Non c'è proprio nessuna alternativa al chiedere l'aiuto

di lord Darlington? Sono sicura che tu abbia sentito le voci che corrono su di lui," disse Rosalind.

"È vero, ma credo che sia una persona più complessa di come lo dipingono i pettegolezzi. Quando si è ritrovato di fronte a una situazione come quella che gli ho descritto, ha espresso il desiderio di aiutarmi e ha chiesto solo questo favore in cambio. Non è quello che mi aspettavo da una famigerata canaglia, ma mi fido di lui. Ti sembra una cosa davvero sciocca e bizzarra?"

"Fidarsi di una canaglia? Non è né sciocco né bizzarro, se la canaglia è quella giusta. Chiederò a mio marito cosa sa di Darlington."

"Grazie, Rosalind. Non ho parole per dirti quanto apprezzo il tuo aiuto. Mi mette davvero a disagio dovertelo chiedere."

"Sciocchezze. È proprio a questo che servono gli amici." Rosalind coprì la mano di Perdita e vi diede un colpetto.

Qualche istante dopo, apparve lord Lennox. Era un uomo alto, con penetranti occhi azzurri e capelli biondi non diversi da quelli di Vaughn; ma nel visconte c'era una disperazione scatenata che a Lennox mancava. Quest'uomo era calmo, rilassato, *solido*. Vaughn aveva un aspetto più snello e un portamento cupo che lo avvolgevano in una cappa di oscurità malinconica.

"Mi avete fatto chiamare?" Il tono di voce di Ashton era freddo, ma le sue labbra erano curvate in un sorriso scherzoso. Raggiunse Rosalind e le baciò la mano.

"Questa è la mia cara amica Perdita Darby. È anche una cliente della nostra banca," spiegò Rosalind. "Perdy, per favore, di' a mio marito quello che hai detto a me."

Perdita raccontò le informazioni di cui era venuta a conoscenza su Samuel Milburn e le intenzioni dell'uomo, oltre che il piano da lei formulato con Darlington e il favore che il visconte aveva chiesto in cambio dei propri servigi.

"Mi è capitato di incrociarlo qualche volta, in giro per Londra. Non è una cattiva persona, o così ho sentito dire," rifletté ad alta voce Lennox. "Milburn, d'altro canto...beh, ho saputo della sua amante. Quella che è morta in seguito a una caduta. Si dice che sia stato un incidente, ma io non ne sono del tutto convinto."

Perdita annuì.

"E così, Darlington vorrebbe investire con me?" Ashton si appoggiò pensieroso allo schienale della sedia. "Non sarebbe il primo, ma ci sono buoni motivi se sono selettivo riguardo alle persone che prendo in confidenza. La maggior parte di loro crede che mi assuma troppi rischi, ma non capisce i miei piani a lungo termine e non si rende conto che, in fin dei conti, il rischio è ben poco. Ma io richiedo fiducia e non tutti sono disposti a darla. Non intendo avere a che fare con gente che mette in dubbio ogni mia decisione. Credo che Darlington sarebbe un buon socio. Ha la testa sulle spalle e mi pare di capire che avesse avuto un buon successo prima della scomparsa dei suoi genitori. Loro gli hanno lasciato dei debiti straordinari, che hanno mandato in rovina la sua piccola fortuna."

Lennox scambiò una lunga occhiata con Rosalind prima di alzarsi e annuire.

"D'accordo, dite a Darlington che potrà venire da me dopo il primo dell'anno. Discuterò con lui del mio prossimo progetto; sarà lui a decidere se prendervi parte o meno."

Le parole dell'uomo furono un tale sollievo per Perdita che lei fu travolta dalla gratitudine. "Grazie, lord Lennox. Davvero."

"Gli amici di Rosalind sono amici miei." L'uomo le baciò la mano e, dopo aver lanciato alla moglie una lunga occhiata che la fece arrossire, le lasciò sole.

"Che sciocco," borbottò Rosalind, pur sorridendo.

Perdita non poteva che essere d'accordo. Lord Lennox era un uomo sciocco e meraviglioso. *Chissà quando lo dirò a Vaughn. Sarà felicissimo.* Gli aveva garantito non solo un colloquio con Lennox, ma anche il coinvolgimento nel suo progetto successivo. Forse sarebbe sopravvissuta al Natale, dopotutto.

❦ 4 ❦

VAUGHN SI SENTIVA NUDO SENZA L'OROLOGIO DA taschino. Era trascorso qualche giorno da quando l'aveva venduto e ora, lui e Barnaby erano diretti a Lothbrook. Vaughn continuava a cercare l'orologio nella tasca, ma la sua mano ne usciva sempre vuota.

L'orologio era appartenuto a suo nonno, era stato costruito a mano dallo stesso Thomas Mudge e gli era stato consegnato da suo padre quando Vaughn aveva compiuto sedici anni. Lo aveva posseduto per tanto tempo da essersi dimenticato come fosse non averlo al sicuro nel taschino del gilet. Era l'ultimo oggetto di un qualche valore che gli fosse rimasto da vendere.

Ma procurarsi un anello per la sua futura sposa era stato importante. L'anello era al sicuro nella tasca della sua giacca, ma lui continuava a controllare per assicurarsi che la scatolina non fosse svanita. Tra il suo piano segreto di sedurre effettivamente Perdita per avere accesso alla sua fortuna e lo sfruttarla per fare la conoscenza del barone Lennox, era già in debito con lei.

Vaughn non era il genere d'uomo che amava sentirsi

indebitato. L'anello era la sua ultima possibilità di dimostrare che poteva offrire qualcosa a Perdita prima di impadronirsi di tutto ciò che un tempo era appartenuto a lei. Anche se gli fosse rimasto qualcos'altro da vendere, non avrebbe avuto lo stomaco di tornare a visitare la bottega di quel gioielliere. *Vendere il mio passato per garantirmi il futuro.* Sperava solo che avrebbe funzionato.

La carrozza in cui si trovava era piena come un pollaio, ma una dannata vettura postale era tutto quello che poteva permettersi. Dei contadini sedevano su entrambi i suoi lati, premendo le spalle contro le sue. L'odore dell'aria era talmente intenso da essere insopportabile. Vaughn aveva cominciato ad alternare momenti in cui tratteneva il fiato a momenti in cui cercava di respirare con la bocca. Ciò gli era d'aiuto, ma a malapena.

La carrozza si fermò a un crocevia e il conducente gridò che avevano raggiunto Lothbrook. Nonostante la calca, Vaughn era congelato fino alle ossa dal vento gelido che penetrava attraverso le fessure della vettura. Uscì di corsa e i suoi stivali fecero scricchiolare un leggero strato di neve. Si stiracchiò le gambe, sollevato per essersi allontanato dall'accalcato veicolo e dai suoi occupanti.

Il paese era coperto di neve, i tetti dei negozi e delle case sormontati dal ghiaccio. Il cielo era rabbuiato da nubi invernali che sembravano proiettare oscurità sul villaggio e inghiottire le deboli luci emesse dalle lampade ancora appoggiate ai davanzali.

Dio, gli mancava Lothbrook nella tarda estate. Anche quando era stato lì l'ultima volta, lo scorso settembre, il paese era stato pieno di fiori e le giornate erano parse infinite.

"Ehi!" Il grido del conducente attirò l'attenzione di Vaughn, che si voltò appena in tempo per vedere Barnaby correre ad afferrare le borse da viaggio che il conducente aveva buttato a terra senza tante cerimonie. Vaughn si accigliò quando lui e Barnaby raccolsero le valigie e si incamminarono verso il confine della cittadina.

"Che bestia d'uomo!" borbottò Barnaby arrancando accanto a Vaughn nel trasportare una delle valigie mentre lui faceva lo stesso con l'altra.

"Sono d'accordo," gli disse. "Ma questa è la stagione del perdono. E se tutto andrà bene, caro Barnaby, non ci toccherà mai più viaggiare su una vettura pubblica."

"Bah. Questo *se* riuscirete a conquistare il cuore della signorina Darby, milord. Ed è una ragazza furba, quella," osservò Barnaby. Altri uomini avrebbero forse percosso un servitore che avesse osato esprimersi con tanta franchezza, ma Vaughn aveva sempre preferito impiegare persone capaci di prendere la parola ed esprimere la propria opinione. Anche perché tendevano a costare di meno.

"Credo di avere buone possibilità. Era molto presa da me, l'altra sera." Vaughn gonfiò il petto e ignorò lo sguardo rivolto al cielo del suo valletto. Non si era aspettato la reazione appassionata di Perdita al suo bacio e al suo tocco. Era un ottimo amatore e non aveva mai frainteso le reazioni appassionate di una donna.

La tenuta dei Darby non era lontana, ma col freddo... beh, la camminata non fu esattamente piacevole. Quando raggiunsero il lungo viale di pietra che conduceva alla residenza di campagna della famiglia, Vaughn aveva i piedi gelati e aveva perso la sensibilità al viso. L'allegra luce delle candele incorniciate dalle finestre lo attirava e lui bussò alla porta. Un lacchè venne ad aprire, rabbrividendo per il freddo.

"Chiedo scusa, milord, ma voi siete lord Darlington, giusto? La signora Darby vi aspettava e temeva che sareste potuto arrivare in ritardo," rispose il giovanotto. Dannazione, Vaughn sarebbe voluto arrivare prima di quel momento. *Maledetta vettura pubblica. Se non avessimo dovuto fermarci ogni cinque chilometri per far scendere contadini e i loro dannati polli, non saremmo arrivati così tardi.*

"Sì." Vaughn salì frettolosamente i gradini e ordinò con gratitudine a Barnaby di lasciare i bagagli alla servitù. Un altro lacchè prese il suo cappello e il suo cappotto.

I numerosi servitori che correvano da una parte all'altra della casa erano tutti vestiti con una pregiata livrea invernale. Salendo le scale, oltrepassarono diverse cameriere, e Vaughn deglutì colpevolmente pensando alla sua solitaria cameriera oberata di lavoro, Pippa, responsabile di una casa che avrebbe dovuto avere almeno una dozzina di sue colleghe. Quella sarebbe stata una delle prime cose che avrebbe cambiato, se fosse riuscito a trarre un guadagno dai suoi futuri investimenti con Lennox.

"Da questa parte, per favore. Vi mostrerò le vostre stanze. Temo che vi siate persi la cena, ma la signorina Perdita ha insistito perché vi fosse portato un vassoio completo in camera al vostro arrivo."

"Davvero?" Vaughn era sorpreso da quella premura; ma d'altra parte, tra lei e la sua amica Alexandra, Perdita era la più dolce delle due. Alexandra... *lei* sì che aveva il caratterino di un tasso messo con le spalle al muro.

Vaughn seguì il lacchè su per le scale, seguito da Barnaby che brontolava qualcosa riguardo alle vecchie e fredde case di campagna. Furono accompagnati in una stanza elegante, la stessa in cui lui aveva soggiornato in precedenza quando era venuto lì per la festa in giardino di settembre. Il grande letto aveva un aspetto caldo e invitante, così come il fuoco nel caminetto. Spessi tappeti di

Aubusson coprivano i pavimenti, dando alla stanza un'atmosfera accogliente.

L'alloggio di Vaughn a Londra era in gravi condizioni di degrado, ben lontano dalla zoccolatura in legno di mogano che contrastava con la carta da parati verde scuro goffrata con tralci di edera dorata. Persino il baldacchino del letto, di un ricco broccato color oro scuro, era abbinato al copriletto e alle lenzuola.

Dopo che il lacchè se ne fu andato, Barnaby cominciò a riporre gli indumenti del suo padrone in un grosso guardaroba. A giudicare dal triste sospiro del suo valletto, anche il giovanotto sentiva la mancanza di un vero mobilio.

Barnaby si avvicinò al portacatino, dove era già stata preparata dell'acqua calda in un immacolato catino blu e bianco. Abiti puliti e asciugamani per il viso erano nettamente piegati accanto a una costosa saponetta profumata. Il valletto si voltò verso Vaughn con un barlume di senso di colpa negli occhi marroni.

"Per caso la campagna non è così brutta come la ricordavi?" chiese Vaughn con un sorriso amareggiato.

"No, milord." Barnaby arrossì e si rimise frettolosamente al lavoro.

Vaughn si appoggiò al letto e sospirò. Parte di lui non riusciva ancora a credere di essere lì. Ma era davvero disperato al punto da accettare l'offerta, da parte di Perdita, di un falso fidanzamento, perché sapeva di essere in grado di sedurla fino a convincerla a volerne uno vero. Dopotutto, le donne erano facili da ammaliare, purché non fossero innamorate di un altro, com'era stato il caso per Alexandra. Naturalmente, nel caso Perdita avesse negato il proprio desiderio di lui, Vaughn avrebbe comunque potuto fare affidamento sull'incontro con Lennox per assicurarsi un futuro.

Si raddrizzò mentre un pensiero preoccupato gli attraversava la mente. Era possibile che Perdita amasse già un altro? Ma se così fosse stato, la giovane avrebbe certamente convinto *quell'uomo* a prestarsi a quel gioco, non Vaughn. Con un basso ringhio, lui recuperò l'anello e infilò la scatolina nel cassetto di uno dei comodini accanto al letto.

Si voltò quando qualcuno bussò delicatamente alla porta della camera.

"Avanti."

La porta si aprì e Perdita entrò nella stanza, seguita da un lacchè con un vassoio in mano.

"Lord Darlington, volevo assicurarmi che vi avessero fatto accomodare a dovere. Per favore, Hensley, posa il vassoio sul tavolo." Perdita indicò il tavolo in mogano accanto al caminetto. Il lacchè vi posò il vassoio e se ne andò.

Vaughn fu momentaneamente distratto dalla vista dei piatti coperti. Il suo naso colse i profumi della zuppa, del pane fresco, dell'arrosto di manzo, delle patate e dei piselli. Intravide persino una tortina di frutti di bosco su un piattino. Dio benedicesse quella donna: del vero cibo era proprio quello di cui lui aveva bisogno dopo il lungo viaggio.

Si costrinse ad allontanare per un momento i pensieri del cibo, nonostante il brontolio del suo stomaco. Si avvicinò a un bel cassettone cinese laccato in un angolo della stanza, sul quale erano appoggiati decanter di brandy e di whisky.

"Gradite qualcosa da bere?" propose a Perdita, sperando che si sarebbe seduta con lui sulle due poltrone di cuoio di fronte al fuoco.

"No, grazie," rispose la giovane. Perdita si mise a

giocherellare con le gonne e quel movimento nervoso gli strappò quasi un sorriso. L'abito di Perdita era blu, con maniche alla Van Dyke bordate di pizzo belga. Il corpino e l'orlo delle gonne erano spolverati di ricami in filo d'argento e una ciocca di capelli scuri penzolava sciolta contro la pelle lattea del collo. La donna aveva un aspetto appetitoso, come pudding natalizio accompagnato da un bicchiere di sherry.

"Perdita." Vaughn pronunciò il suo nome, incerto su cos'altro dire prima di porre la domanda che, ora, lo tormentava.

La donna inclinò la testa. "Vaughn." Seguì un lungo silenzio prima che lui introducesse l'argomento.

"Non c'è un altro uomo, vero?" chiese, il cuore che gli martellava nel petto mentre aspettava che lei lo rassicurasse sul fatto che l'intera sciarada non fosse uno spreco di tempo.

Perdita aggrottò le sopracciglia, confusa. "Quale altro uomo?"

"Un uomo che amate, e che per qualche ragione non sta venendo qui a cavallo di uno stramaledetto destriero bianco per salvarvi da Samuel Milburn."

Perdita impallidì e serrò le mani a pugno. Un rossore rimpiazzò il pallore delle sue guance. "No, certo che non c'è nessun altro. Se ci fosse stato, io sarei fidanzata e non avrei dovuto implorare uno come voi di aiutarmi."

Vaughn inclinò la testa. "Uno come *me*? Di grazia, cos'è che mi ha reso tanto fortunato da essere scelto per questo compito?"

Perdita lo fulminò con lo sguardo. "Il fatto che... Un momento, perché me lo chiedete *ora*? Pensavo fossimo d'accordo..." L'espressione rabbiosa si trasformò in panico e, per un qualche motivo, quel cambiamento penetrò la spessa muraglia che circondava il cuore gelido di Vaughn, scaldandolo leggermente.

"Siamo d'accordo," disse lui. "Volevo solo essere sicuro di non aver occupato il posto di qualcun altro. Se c'è un uomo che vi ama, dovrebbe esserci lui, qui. Non io."

Perdita esalò il fiato. "No. Non c'è nessuno. È per questo che ho bisogno di voi."

Per tutti i diavoli, quelle parole non avrebbero dovuto eccitarlo, eppure lo fecero. Il pensiero che lei avesse bisogno di lui, anche se solo in quel modo, bastò a colmargli la testa di pensieri scabrosi che l'avrebbero fatta scappare a gambe levate, se lei avesse potuto leggergli nel pensiero in quel momento. Vaughn avvertì il desiderio di rendersi necessario in mille altri modi, fino a quando il corpo di Perdita non avrebbe più tollerato il tocco di nessun altro, perché solo il suo l'avrebbe soddisfatta. Vaughn allontanò da sé l'ondata di pensieri voraci e si concentrò sulla conversazione.

"Ed eccomi qua, senza cavallo bianco e con la mia armatura arrugginita." Le rivolse la parodia di un inchino.

Perdita ricambiò con un elegante riverenza. "Immagino che questo faccia di me una damigella in grave pericolo? Santi numi, sono l'eroina di un romanzo gotico."

"Così sembrerebbe." Vaughn le prese la mano e se la portò alle labbra. "Sarei davvero felice di vedervi correre lungo un corridoio buio, i capelli sciolti e il corpo celato solo da una sottilissima camicia da notte, stringendo in mano un candelabro mentre fuggite da un sinistro sconosciuto. Vi prenderei tra le mie braccia e vi salverei. Poi, naturalmente, farei l'amore con voi con una passione sconvolgente, in modo da farvi dimenticare tutte le paure e i sinistri sconosciuti."

Le pupille di Perdita si dilatarono mentre lui parlava.

Vaughn si prese un istante per accarezzarle il dorso della mano con le punte delle dita mentre la guardava, bevendo ogni suo minuscolo cambiamento di espressione.

La giovane sembrava combattuta tra l'ilarità e la costernazione. "*Quella* sarebbe la mia ricompensa? Voi che venite a salvarmi solo per poi sedurmi? Vi ho aspettato per due settimane, mi sono assicurata che il cuoco preparasse la cena apposta per voi e—"

Vaughn non la lasciò finire. Era sempre stata sua politica zittire le donne chiacchierone nel modo più piacevole che conosceva. Circondò la vita di Perdita con un braccio e la prese tra le braccia. Lei gemette contro le sue labbra e lui non riuscì a resistere alla tentazione di sorridere.

Dio, Perdita aveva un sapore divino. La giovane rabbrividì contro di lui e Vaughn le infilò una mano tra i capelli, strattonandone delicatamente le ciocche. Perdita piagnucolò e gli passò un braccio attorno al collo, ricambiando vigorosamente il bacio.

Sedurla sarebbe stato facile.

Fece scivolare l'altra mano lungo il corpo di lei, palpeggiandole il posteriore, per poi darle una giocosa sculacciata. Perdita ebbe un sussulto e lui fece una smorfia quando i suoi denti gli affondarono nel labbro.

"Ahia!" Vaughn si tirò indietro, mollando la presa su Perdita mentre si toccava il punto leso. Perdita si aggrappò allo schienale della poltrona più vicina, scostandosi i capelli svolazzanti dal viso. Vaughn le aveva rovinato l'acconciatura e lei aveva l'aspetto di una che era stata abbondantemente soddisfatta a letto. Quell'apparenza le stava bene: tenera, vulnerabile e un po' disordinata. Vaughn si leccò il labbro dolorante e sorrise.

"Non gradireste compromettervi un po', oltre al fidanzamento? Sono pronto a offrire *tutti* i miei servigi, non solo la mia reputazione." Ciò detto, Vaughn agitò le sopracciglia.

"Voi mi avete *colpita*!"

Vaughn sfoderò un sorriso sghembo. "Vi ho sculacciata, mia cara. C'è molta differenza. Ditemi che non avete sentito una scossa quando l'ho fatto." Sapeva che avrebbe negato e, nel corso dei giorni a venire, si sarebbe divertito molto a dimostrare che aveva torto.

"Non ho sentito nulla!" scattò Perdita.

"Allora perché vi lamentate, se non avete sentito nulla?" la provocò lui, rivolgendole contro le sue stesse parole.

Perdita girò sui tacchi e si incamminò verso la porta. "Oh!"

Vaughn la afferrò da dietro e la strattonò mentre chiudeva la porta, intrappolandola tra le proprie braccia. "Perdy, aspettate."

"Non chiamatemi Perdy," ringhiò lei, voltando la testa per guardarlo. I loro nasi si sfiorarono e gli occhi della giovane lampeggiarono di uno splendido fuoco. Un fuoco che scaldò tutto il corpo di Vaughn.

"Perché no? So che Alexandra vi chiama così." Lui sorrise mentre il suo sguardo si abbassava sulle labbra di Perdita. Lei si voltò verso di lui, colpendolo al petto con la mano.

"Perché è mia amica. Gli amici mi chiamano Perdy, ma voi non potete." Vaughn dovette trattenere un gemito di voglia in quel momento, alla vista del fuoco negli occhi della giovane. Quando mai un paio di occhi di donna aveva esercitato su di lui un fascino tanto forte? Non riusciva a ricordare un altro momento in cui era rimasto altrettanto ammaliato da uno sguardo femminile.

"Noi due non siamo amici," confermò. "Ma siamo

fidanzati, giusto?" Le prese un polso e si portò la sua mano alle labbra, baciandone il palmo.

"Cosa state facendo?" Ma Perdita lo stava fissando mentre lui le baciava il palmo. Quindi, Vaughn cominciò a risalire coi suoi baci lungo il braccio di lei, un centimetro dopo l'altro.

"Vi sto ricordando," rispose Vaughn, alternando un bacio a ogni poche parole, "che noi... dobbiamo acquisire confidenza... l'uno con l'altra... e questo significa... insistere con... *questo*." Le fece inclinare la testa verso l'alto e baciò lentamente le sue labbra sbalordite.

Vaughn sentì il piccolo ringhio emesso da Perdita e lo percepì mentre usciva brontolando dal suo petto. Non c'era nulla di più piacevole che smentire una donna riguardo ai suoi stessi desideri. Non era una questione di forza, ma di seduzione lenta e misurata. Non solo del corpo, ma anche della mente e del cuore.

La baciò per un altro lungo istante, aspettando di sentirla sciogliersi contro di lui, e poi la lasciò andare. Perdita rimase lì, gli occhi velati di desiderio, le labbra gonfie, i capelli splendidamente scompigliati e le gonne spiegazzate dove lui aveva afferrato il tessuto per mantenere il suo fragile controllo.

"Ho qualcosa per voi." Vaughn si recò al comodino e prese l'anello. Perdita era impallidita di nuovo, lo sguardo fisso sulla scatolina di velluto.

"Vaughn, non è necessario che—"

"Lo è e io lo voglio. Anche se questo fidanzamento è fasullo, intendo comunque dare alla mia sposa un pegno del mio affetto." Vaughn tese la scatolina. Non si inginocchiò, né la offrì con chissà quale fanfara. Lui non era fatto così. Se Perdita non fosse riuscita a capire cosa le stava offrendo e il sacrificio che aveva fatto, allora non era la donna che lui aveva creduto fosse.

La giovane prese la scatolina e le loro mani si sfiorarono per un istante, facendo scoccare una scintilla. Vaughn la guardò in viso mentre apriva la scatolina, memorizzando ogni singolo dettaglio. Il modo in cui lo sguardo di lei si incupì non appena intravide l'anello di rubino, il modo in cui inclinò la testa, il ricciolo che lei rimbalzava libero contro il collo e la spalla, e infine il modo in cui le sue labbra si schiusero in un gemito sommesso.

"Vaughn, no. È troppo prezioso. Non dovete darmelo. Non per portare avanti una semplice sciarada." Perdita fece un minuscolo passo verso di lui, tendendo la scatolina aperta. Vaughn allungò una mano e afferrò le sue, chiudendole attorno alla scatola.

Poi catturò lo sguardo di Perdita e le fece capire quanto era serio. "Insisto."

"Ma–"

"No," rispose seccamente lui. Sapeva cosa avrebbe voluto dire Perdita – che lui aveva già molto poco da dare – ma aveva *bisogno* che lei accettasse l'anello, anche se non riusciva a costringersi a dare una spiegazione. C'erano cose che un uomo non poteva condividere con la sua futura sposa.

Perdita aprì di nuovo la scatolina e guardò l'anello. "È molto bello." C'era una lieve incrinatura nella sua voce, che provocò una fitta al petto di Vaughn e gli serrò la gola.

Questo è tutto quello che posso darvi. L'ultima cosa che mi è rimasta.

"Vi piace?" Si sentiva un imbecille a implorare briciole di attenzione, bisognoso di sentirsi dire che il sacrificio dell'orologio di suo nonno non era stato vano. Perdita percorse col dito il rubino e i due piccoli diamanti che lo affiancavano, si morse il labbro e annuì.

"Sì. Non credo di aver mai avuto nulla di tanto bello." Perdita fece una pausa, poi, sorridendogli radiosa, chiese: "Posso metterlo ora, o devo aspettare Natale?"

Vaughn si schiarì la voce. Quello strano groppo alla gola era ancora lì e gli rendeva difficile parlare.

"Ora va bene, benissimo," riuscì infine a dire.

Perdita tirò fuori l'anello dalla scatolina e lo mise all'anulare. L'anello calzava in maniera quasi perfetta; era solo leggermente largo, un problema che sarebbe stato facile da risolvere presso il gioielliere del paese. Il rubino scintillava alla luce del fuoco.

"Grazie." Perdita si alzò in punta di piedi e lo baciò. Il sapore dolce e persistente di lei era diverso da quello di tutti gli altri baci. Quello non era un bacio di lussuria, desiderio o rabbia. Era semplicemente *diverso*. Provocò uno svolazzare di emozioni strane e indefinibili in lui, alle quali Vaughn non voleva pensare.

Una sfumatura di rosa accentuò gli zigomi di Perdita mentre lei si toccava le labbra. "Mangiate prima che la vostra cena si freddi e riposatevi bene. Domani entreremo nel pieno del periodo festivo e io avrò bisogno del mio cavaliere bianco al mio fianco, armatura arrugginita o no."

Senza aggiungere altro, Perdita se ne andò, lasciando Vaughn a fissare il punto in cui era scomparsa, le mani che prudevano per la voglia di stringerla ancora.

✣ 5 ✣

PERDITA ERA ALL'INGRESSO, A OSSERVARE LE CARROZZE che si fermavano all'esterno. Signore con mantelli e uomini in cappotto salivano i gradini della casa. I suoi genitori erano pronti ad accogliere gli ospiti. Perdita rimase in disparte, leggermente distratta, chiedendosi quando Vaughn sarebbe sceso. Il visconte si era fatto servire la colazione in camera la mattina presto, per cui lei non lo aveva visto a tavola. Dopo la sera prima, si sentiva stranamente nervosa e un po' eccitata.

Perché lui è pericoloso e la sciarada che state interpretando è fin troppo coinvolgente. La sua voce interiore era ben lieta di rimproverarla per il modo sciocco in cui si comportava con un Vaughn. Ma lei non aveva dimenticato il motivo per cui stava facendo quello che stava facendo: per salvare papà e se stessa.

Si rigirò l'anello di rubino che portava al dito, anche se calzava piuttosto comodamente. Vaughn l'aveva dato a lei, non a un'altra. E pensare che Perdita aveva temuto che lo avesse acquistato per un'altra donna. L'ombra di un sorriso le sfuggì dalle labbra, ma la cancellò. Quella cosa tra lei e Vaughn non era altro che un astuto inganno e Perdita doveva tenerlo presente. Avrebbe restituito l'anello e l'orologio da taschino una volta che fosse tutto finito. Era il minimo che potesse fare.

Sua madre la chiamò. "Perdy, cara, vieni ad accogliere gli ospiti." Perdita raggiunse i suoi genitori sospirando e si costrinse a mostrarsi felice. Un paio di uomini arrivarono a cavallo; i loro begli animali scacciarono la neve fresca che era caduta di primo mattino. Perdita fece per sorridere al loro avvicinarsi, ma il suo sorriso si arrestò. Le sue scarpe slittarono sui gradini innevati quando riconobbe uno degli uomini.

Samuel Milburn era arrivato. La paura la trafisse e lei dovette lottare contro l'impulso di voltare le spalle e scappare.

"Signorina Darby." Samuel salì i gradini con un gran sorriso.

Per tutti, tranne lei, egli non sembrava altro che un bell'uomo dai capelli scuri e gli occhi marrone scuro, che non mostrava la minima traccia dell'oscurità che aveva dentro di sé. Ma lei sapeva di quell'oscurità. Lo aveva sentito con le sue orecchie da Gunter's, mentre l'uomo rideva coi suoi compari e raccontava di come l'avrebbe domata. C'era del buio nel suo sguardo, un buio che prometteva dolore, non solo per lei, ma anche per la sua famiglia, nel caso Perdita lo avesse rifiutato. Quello era lo sguardo di un uomo che credeva di avere in mano le carte migliori e stava semplicemente prendendo tempo prima di raccogliere la sua vincita. Quello che sapeva di lui le faceva venire voglia di correre a nascondersi, anche se di solito lei preferiva affrontare i pericoli.

Che le venisse un colpo se gli avrebbe permesso di fare

di lei una sua proprietà attraverso il ricatto. E tuttavia, Milburn era un ospite e lei non poteva dare prova ai suoi genitori delle inclinazioni malefiche dell'uomo, per cui avrebbe semplicemente dovuto stare attenta nel corso dei giorni in cui si sarebbe svolta la festa.

Vaughn era lì proprio per quella ragione. Perdita sperava che la sua presenza l'avrebbe protetta come lei non poteva proteggere se stessa. Per quanto detestasse fare affidamento su un uomo, credeva di potersi fidare del visconte in quella faccenda. Ed egli sembrava sapere quale genere d'uomo fosse Samuel e considerarlo un bastardo, proprio come lei.

"Benvenuto, signor Milburn," disse Perdita, in tono freddo, ma cordiale. Non era necessario far adirare l'uomo, non se lei voleva che la sciarada con Vaughn avesse successo. L'obiettivo era semplicemente cancellare l'interesse di Milburn nei suoi confronti, non dargli motivo di desiderare vendetta.

"Vi ringrazio, signorina Darby. Spero che abbiate riflettuto su quello di cui abbiamo parlato in occasione del nostro ultimo incontro." Milburn sfoderò un sorriso cordiale, che non la ingannò minimamente. Perdita aveva notato l'occhiata calcolatrice che egli le aveva lanciato e il modo in cui l'aveva squadrata da capo a piedi, allo stesso modo in cui un uomo avrebbe potuto esaminare un cavallo che intendeva acquistare da Tattersall's.

"Ci ho riflettuto." Perdita non aveva intenzione di ammettere altro. Non era ancora giunto il momento di rendere pubblico il suo fidanzamento e lei non intendeva lasciarselo sfuggire prima che Vaughn decidesse che era giunto il momento. Il visconte sapeva come affrontare un uomo come Milburn.

Perdita si fece da parte e lo lasciò passare, assieme al

suo accompagnatore. Stava arrivando un'altra carrozza e lei fu sollevata di avere una scusa di abbandonare il signor Milburn, che fu accompagnato nella sua stanza.

Un'altra dozzina di ospiti arrivò prima che Perdita avesse il permesso di ritirarsi nella sua camera prima del pranzo. Decise di tenere l'abito di lana verde chiaro, col pizzo rosso ai polsi e lungo l'orlo della gonna. La maggior parte delle signore si sarebbe cambiata d'abito, ma lei non aveva viaggiato, dunque poteva cavarsela con quello che indossava al momento.

La sola idea di cambiarsi tre o quattro volte al giorno era frustrante per lei. Ogni volta, c'era almeno una dozzina di cose che avrebbe preferito fare, e doversi cambiare a seconda dell'ora del giorno o dell'attività in programma era al tempo stesso fastidioso e superfluo. Gli uomini non dovevano cambiarsi d'abito così spesso e lei invidiava loro quella libertà.

Scelse di recarsi nella biblioteca al secondo piano dell'ala opposta della casa, nella speranza di scorgere Vaughn. La maggior parte degli ospiti soggiornava nell'ala est, ma lei aveva piazzato Vaughn in quella occidentale, più vicina alle sue stanze.

Ma non vi era traccia dell'uomo in corridoio. Era possibile che egli stesse riposando in camera sua, o magari loro due non si erano incrociati sulle scale. Era possibile che il visconte fosse in una della dozzina di altre stanze della casa, a chiacchierare con gli altri gentiluomini. O magari era uscito a fare una cavalcata nella neve. Il pensiero che lei avrebbe potuto anche non vederlo la turbava.

Non voglio sentire la sua mancanza... eppure la sento. Perdita scosse la testa. *Mi mancano i suoi baci, tutto qui. Non lo conosco abbastanza bene perché possa mancarmi lui.*

Lei e Lysandra avevano discusso in più di un'occasione dei modi in cui un uomo poteva, con la passione, distrarre una donna dagli studi accademici. All'epoca, Perdita non aveva potuto contribuire alla discussione con alcuna esperienza personale, ma ora... ora capiva perfettamente come un uomo potesse sconvolgere completamente i pensieri di una donna.

Si avvicinò a una delle librerie e prese un portfolio rilegato in cuoio, contenente diversi articoli su cui stava lavorando. Si sedette poi sopra una piccola cassapanca imbottita sotto la finestra nella biblioteca, tenendo in grembo il suo ultimo saggio di astronomia. Aveva ancora alcune revisioni da fare, ma quel giorno voleva verificarne la chiarezza e la struttura prima di spedirlo a Lysandra. Incrociò le gambe, così che le scarpette di satin rosso fecero capolino da sotto l'orlo delle gonne, e appoggiò le pagine sulle ginocchia.

Non sapeva quanto fosse rimasta seduta lì prima di avere la forte impressione che qualcuno la stesse osservando. Le veniva fin troppo facile perdersi nel suo lavoro e, a quanto sembrava, non si era accorta che qualcuno era entrato in biblioteca. I peli sulla sua nuca si rizzarono e lei cercò di non lasciarsi prendere dal panico, dato che il suo primo pensiero era stato che Samuel Milburn l'aveva sorpresa da sola. Sollevò la testa e si guardò attorno.

Una figura solitaria se ne stava appoggiata allo scaffale, non lontano da dove lei sedeva nella sua alcova. Quando Perdita riconobbe l'uomo, non ne ebbe paura, ma il suo cuore accelerò comunque repentinamente i battiti.

"Vaughn!" sibilò. "Mi avete spaventata!" Mise da parte l'articolo mentre l'uomo si avvicinava. Cercò di alzarsi, ma lui glielo impedì prendendo posto accanto a lei.

"Eravate molto coinvolta dalla lettura. Non volevo spezzare il filo dei vostri pensieri." Vaughn le sollevò delicatamente i piedi e le fece allungare le gambe sul suo grembo. Era una posizione fortemente scandalosa, ma il senso di calda intimità era così irresistibile che lei non protestò... molto.

"Non dovremmo..."

"Sciocchezze." Vaughn le spostò le gonne in modo da appoggiare una delle proprie, grandi mani sul polpaccio sinistro.

Perdita ebbe un sussulto. "No, Vaughn..." Gli afferrò il polso e lui sollevò lo sguardo.

"Tranquilla, tesoro mio. Respirate." Le dita dell'uomo si immobilizzarono sulla sua gamba e lui si allungò per sfiorarle le labbra con le proprie. Il suo delicato bacio la calmò, anche se un'ondata di brividi le percorse la pelle.

"Meglio?" chiese lui, sorridendo contro le sue labbra.

Lei annuì. "Sì. Mi ero solo spaventata."

"È questo che rende eccitante la passione." Vaughn fece una pausa per accarezzarle di nuovo la gamba. "Ma procederò tanto lentamente quanto voi desiderate."

"Ma credevo che amaste avere il controllo." Perdita pronunciò quelle parole a bassa voce, anche se gli unici a poter essere testimoni di quel momento scandaloso erano i libri.

"È vero, mia cara. Adoro avere il controllo. Ma solo una volta che la signora in questione si sente al sicuro con me."

"Io mi sento al sicuro con voi," rispose sinceramente Perdita.

"Ottimo. Questo ha grande importanza per me." Il visconte continuò ad accarezzarle il polpaccio e lei chiuse per un attimo gli occhi, crogiolandosi nel suo tocco.

Le dita dell'uomo erano lunghe ed eleganti, ma non effeminate. Erano mani splendide... le mani di un bell'uomo. Perdita guardò mentre la toccavano. Il calore dei palmi penetrò attraverso le calze bianche e fino alla pelle, e lei non riuscì ad arrestare l'ondata di calore che si diffuse per tutto il suo corpo.

Una vera canaglia era in grado di evocare la passione come un mago. Sapeva lanciare incantesimi che le facevano rinnegare il pensiero nazionale semplicemente con un sorriso malizioso e una dolce carezza dalla caviglia al ginocchio. Vaughn lasciò che le gonne di Perdita le ricadessero sulle gambe, ma tenne la mano a contatto con la pelle di lei. C'era qualcosa di seducente nella sua mano sotto il vestito, che le toccava le gambe senza che lei potesse vedere cosa lui stesse facendo. Era come se l'eccitazione dovuta a quello che Vaughn avrebbe *potuto* farle fosse più grande di ciò che stava effettivamente facendo. Perdita ondeggiò leggermente, ma non cercò di fuggire.

"Ora, cosa stavate leggendo di tanto interessante?" Vaughn la stava guardando, gli occhi azzurri limpidi come un cielo estivo. La luce del sole penetrava dalla finestra, riversandosi sui suoi capelli dorati e illuminandone le ciocche fino a far brillare un'aureola sopra la sua testa. Le labbra del visconte erano leggermente curvate, come se egli fosse perso in sogni a occhi aperti piacevoli, ma forse scandalosi. Era il genere di espressione che una donna avrebbe potuto fissare per ore, desiderando disperatamente di essere lei l'oggetto dei pensieri del gentiluomo.

"Oh, stavo solo..." Perdita cercò di nascondere dietro la schiena le pagine del suo saggio di astronomia, ma Vaughn allungò una mano dietro di lei e se le mise di fronte per leggerle.

"Per favore, non–"

"Shh. Sto *leggendo*," disse scherzosamente l'uomo, mentre continuava ad accarezzarle il polpaccio sinistro con un movimento circolare che le provocava un formicolio. Poi, si fermò. "Astronomia?" chiese.

"Vi stupisce che una donna possa amare la scienza?"

"Forse, ma di certo non mi dispiace. So per esperienza che fin troppi uomini non vi dedicano la dovuta attenzione. Imparano quanto basta per fingersi esperti ai loro club e passano per loro nozioni che ricordano a malapena. Può essere davvero deprimente quando si cerca una conversazione intelligente."

"E voi? Dedicate attenzione alla scienza?"

"Sì, anche se devo ammettere che sono terribilmente ignorante riguardo agli elementi più specifici dell'oggetto di questo saggio. Sembra molto interessante." Lo sguardo di Vaughn percorse la pagina come se la stesse passando in rassegna.

"Lo credete davvero?" Perdita non riuscì a sopprimere la voglia di pavoneggiarsi di fronte a quella lode.

Dapprima, Vaughn non rispose, aggrottando la fronte mentre studiava le pagine. "Conoscete l'uomo che ha scritto questo? Le sue osservazioni sono molto interessanti, anche se temo che alcuni dei suoi calcoli siano al di fuori della mia portata."

"Ehm... sì, lo conosco. Intende cercare di far pubblicare questo articolo, una volta che esso sarà pronto." Perdita non aveva intenzione di dirgli che era lei l'autrice dell'articolo. Senza dubbio, Vaughn era il genere d'uomo che credeva che le donne non avessero posto in ambito scientifico.

"In tal caso, credo che avrà successo. Vi chiede spesso di leggere in anticipo il suo lavoro?"

Perdita annuì. Non le sembrava giusto tenergli nascosto qualcosa, ma quella era una parte della sua vita che non aveva alcun legame con l'accordo che avevano stretto e lei non intendeva condividere quel segreto con lui. Era troppo abituata a uomini che vedevano di cattivo occhio le donne capaci di pensare in maniera indipendente e non aveva bisogno di essere derisa da lui mentre cercavano di mantenere la loro parvenza di fidanzamento. "Dove eravate questa mattina? Pensavo che sareste sceso a fare colazione con noi."

Vaughn sfoderò quel suo sorriso da gatto a pancia piena assolutamente frustrante. "Un uomo deve pur avere un'aura di mistero." Le infilò di nuovo la mano sotto le gonne, questa volta salendo ancora più in alto, fino a sfiorare la morbida giarrettiera che le fermava le calze. Fece scattare il nastro che formava i fiocchi di seta e una nuova ondata di calore la attraversò.

"Gradite che vi insegni la passione?" chiese Vaughn, la voce ora morbida come velluto.

Nonostante il suo corpo stesse gridando di sì, Perdita scosse la testa. "No, grazie. La conosco bene."

Vaughn si immobilizzò, continuando a giocherellare col nastro della giarrettiera. "Bugiarda. Voi avete paura di rischiare."

"Assolutamente no," sbuffò lei. Poi, la curiosità ebbe la meglio. "Rischiare cosa, esattamente?"

"Di innamorarvi di me, naturalmente." Il sorriso sghembo di Vaughn non avrebbe dovuto farle palpitare il cuore, ma così fece.

"Vi assicuro che non c'è il minimo rischio." Perdita riprese i fogli e si alzò in piedi. Appoggiò il suo articolo su un tavolo vicino e si recò alla libreria più vicina. C'erano tre file di scaffali parallele alla porta e spesso lei amava nascondersi dietro l'ultima, per non farsi vedere nel caso qualcuno venisse a cercarla in biblioteca.

Perdita si guardò alle spalle e vide che Vaughn la stava seguendo. L'uomo passò le dita sulla superficie del tavolo da lettura in legno di noce. Il gilet bordeaux che indossava si abbinava molto bene ai pantaloni color del bronzo. Perdita dovette distogliere rapidamente l'attenzione dall'aderenza di quei pantaloni.

"E così... voi dite di conoscere la passione, di esserne esperta; ma vi assicuro che non sapete come sia condividerla con *me*." Vaughn pronunciò quelle parole a bassa voce mentre la raggiungeva da dietro. Perdita era rivolta verso di scaffali, nascosta dal resto della biblioteca. Vaughn giocherellò con le sue gonne nel punto in cui si allargavano in fondo alla schiena, tirando un nastro di seta rossa che scendeva verso il basso dalla fusciacca all'altezza della vita.

"Questo non rientrava nei patti," disse infine lei, anche se in tono meno sprezzante di quanto avesse inteso fare.

"Voi mi fraintendete. Quello che sto cercando di dire è che, quando Milburn ci vedrà insieme, dovrà essere *sicuro* che noi due siamo amanti." L'uomo si appoggiò contro di lei da dietro, mettendola con le spalle contro la libreria. Le sue labbra le accarezzarono l'orecchio e lei rabbrividì. Il sesso di Perdita si contrasse e le sue ginocchia si piegarono.

"Ne sarà sicuro," rispose lei, anche se le tremava la voce.

"Non dubito che voi siate un'ottima attrice, ma temo che, senza un minimo di esperienza, non ve la cavereste meglio di una ragazzina svenevole alla sua prima infatuazione. Milburn lo vedrebbe per quello che è: un tentativo poco efficace di attirare l'attenzione."

"E voi cosa suggerireste?"

"Che voi rinneghiate la paura e mi permettiate di guidarvi in un breve viaggio attraverso quelle passioni, mantenendo al tempo stesso la più preziosa delle vostre virtù intatta. Solo allora sarete in grado di attingere a quei pensieri in presenza di Milburn. Solo allora lui vedrà nei vostri occhi quello che voi volete mostrargli."

Perdita sbuffò. "Sono sicura che direste qualunque cosa pur di infilarvi sotto le gonne di una donna."

"Questo è vero. Ma ciò non rende le mie parole meno ragionevoli."

Perdita strinse gli occhi, ma cedette. "Ho trovato i vostri baci una distrazione abbastanza piacevole. Dubito che qualunque cosa abbiate in mente sarà molto diversa." Una volta lanciata la sfida, il suo cuore prese a battere a un ritmo vertiginoso in attesa della reazione dell'uomo.

"E questo, mia cara, dimostra quanto ancora avete da imparare." Il calore del corpo di Vaughn premuto contro il suo le fece dimenticare per un attimo come si faceva a respirare.

"E voi mi fareste da insegnante?" Perdita usò un tono di voce leggero, anche se provava uno strano senso di vertigine.

"Da insegnante del male. Assolutamente," disse Vaughn. "Quando vi siederete di fronte a me a cena e io vi guarderò, Milburn capirà, dal vostro sguardo e dal rossore delle vostre guance, che noi abbiamo trascorso un'ora insieme in biblioteca, a fare *questo*..." Le sollevò le gonne, fece risalire la mano lungo la sua gamba destra sotto alla sottogonna, e la toccò *lì*.

Perdita sussultò, ma lui le coprì la bocca con l'altra mano. Invece che spaventata per il fatto che egli la stesse zittendo, lei era eccitata dal modo in cui Vaughn aveva assunto il controllo. Afferrò lo scaffale di fronte a sé quando un calore umido si accumulò tra le sue cosce mentre lui la esplorava con le dita.

"Milburn dovrà vedere che io vi possiedo, che vi ho toccata lì sotto e torturata fino a quando non avete implorato la dolce soddisfazione." Vaughn mormorò ciascuno di quei pensieri lussuriosi nel suo orecchio e lei dovette faticare per rimanere in piedi. Non aveva paura, non del modo in cui lui soffocava i suoni da lei emessi né dell'esplorazione delicata, ma ferma delle sue pieghe femminili con le dita. Vaughn sapeva esattamente come toccarla, come accarezzarla. Lei non aveva mai immaginato che essere toccati in quel modo potesse essere così... *selvaggio*. L'ondata di sensazioni al di sotto della vita, il modo in cui i capezzoli le si indurirono contro il corsetto, il fiato caldo contro il collo, mescolati alla pressione del corpo dell'uomo contro il suo, da dietro... erano troppo.

"Mostratemi il vostro lato oscuro, Perdita," mormorò Vaughn, al che lei avvertì il proprio corpo contrarsi e cadere a pezzi. Vide le stelle ed ebbe la sensazione di precipitare. Mani forti la afferrarono e la risollevarono.

Si rese conto, attraverso la foschia dell'orgasmo che si dissipava lentamente, che l'uomo la stava trasportando lontano dalle librerie e di nuovo alla cassapanca sotto alla finestra. Sbatté le palpebre contro la luce del sole mentre Vaughn la rimetteva sui morbidi cuscini. La testa le girava per mille emozioni, ma per la maggior parte lei si sentiva frastornata, sconvolta e confusa. L'uomo l'aveva semplicemente toccata nel punto di congiunzione delle cosce e lei era caduta in mille pezzi. Le sensazioni, l'esplosione di calore dentro di lei, erano completamente diverse da qualunque cosa Perdita avesse mai provato.

Sollevò lo sguardo su di lui, sbattendo le palpebre mentre cercava di mantenere la calma e di non piangere.

Quello che l'uomo le aveva fatto la faceva sentire aperta e vulnerabile. Avrebbe voluto che Vaughn la abbracciasse, che la stringesse a sé mentre lei scendeva dalla vetta che il suo corpo aveva scalato. Il visconte si chinò su di lei e le sfiorò le labbra con le proprie.

"Questa sera, a cena, quando vi guarderò, pensate a questo momento, alle mie mani sulla pelle nuda tra le vostre belle cosce. Milburn vedrà ciò che voi vorrete mostrargli."

Ciò detto, Vaughn si voltò e se ne andò, lasciando Perdita sconvolta, il corpo rilassato ma tremolante su una nube fluttuante di emozioni che lei aveva paura di analizzare. Vaughn era un *maestro* del peccato, su quello non c'era alcun dubbio. Non riuscì a non preoccuparsi per il fatto che una piccola parte di lei avrebbe potuto davvero innamorarsi di lui.

Forse, il visconte era davvero più pericoloso per lei di Samuel.

Vaughn bussò alla porta dello studio del signor Darby.

"Avanti."

Vaughn entrò e trovò Darby seduto alla scrivania, intento a esaminare una collezione di conchiglie con una lente di ingrandimento. Fuori dalla finestra del bovindo alle spalle dell'uomo cadeva la neve, il che significava che l'indomani ce ne sarebbe stato uno strato fresco per qualunque gentiluomo fosse uscito a cavalcare.

L'impressione che Darby gli aveva dato era quella di un uomo molto colto, un uomo appassionato di scienza. Proprio come la figlia, a quanto pareva. Vaughn sospettava che Perdita avesse scritto di suo pugno il saggio che lui l'aveva sorpresa a rileggere e che avesse cercato di tenerglielo nascosto. Ma la sua espressione l'aveva tradita. Il viso della giovane era stato così aperto, il suo sguardo così schietto in quel momento, da fargli pensare che desiderasse la sua approvazione.

Senza dubbio, Perdita temeva che Vaughn fosse come tutti gli altri uomini e che avrebbe guardato con sufficienza alle sue idee. Ma le argomentazioni da lei poste erano solide e le sue conclusioni logiche. Quell'articolo meritava la pubblicazione, indipendentemente da chi lo avesse scritto. Vaughn avrebbe trovato un modo per convincerla dopo che si sarebbero sposati.

"Ah, lord Darlington. Vi stavo aspettando." Darby ridacchiò mentre posava la lente d'ingrandimento.

"Ecco, non ero sicuro che... vostra figlia vi avesse informato." Vaughn stava entrando in un territorio a lui sconosciuto. Non si era mai aspettato di trovarsi in quella situazione, eppure eccolo lì.

"Del vostro fidanzamento? Me ne ha accennato. Sono rimasto un po' sorpreso, naturalmente. Perdy mi dice quasi tutto e non mi aveva mai parlato di voi, se non nel settembre scorso." Darby lo osservò con una cordiale curiosità. Quell'atteggiamento colse alla sprovvista Vaughn. La maggior parte dei padri con figlie nubili avrebbe cacciato un uomo come lui, a meno di non essere disperati. E tuttavia, Darby somigliava molto di più alla figlia di quanto Vaughn avesse immaginato. Era una persona razionale, proprio come lei.

"Ammetto che avremmo dovuto rivolgerci subito a voi, ma non volevo costringere Perdita a prendere impegni prima che lei fosse certa di volermi sposare."

Darby ridacchiò. "Parole nobili per una delle canaglie

più famigerate di Londra, o così dicono. Non fate parte della Società delle Canaglie, vero?"

Vaughn scosse la testa. "No, certo che no." La Società non era un semplice club a cui chiunque potesse iscriversi, anche se i pettegoli ne parlavano come se ciò fosse vero. Investire con Ashton Lennox, uno dei membri della Società, era quanto di più vicino ci fosse, per lui, a diventare loro membro.

"Bene, bene. Dunque, siete qui per chiedermi il permesso di sposare Perdita?"

Vaughn annuì.

"Beh, come voi sapete, mia figlia è padrona del proprio cuore e della propria mente. La mia opinione ha scarsa rilevanza. Lei farà esattamente come le pare."

"Può darsi," rispose Vaughn, "ma sono convinto che tenga in grande considerazione anche la vostra opinione. Mi sento in dovere di superare qualunque prova voi mi chiediate di affrontare, in modo che lei si senta libera di accettare il matrimonio."

Darby inclinò la testa. "Siete a conoscenza del fatto che un altro gentiluomo al momento presente in questa casa ha espresso interesse nella mano di Perdita?"

"Samuel Milburn? Sì, ne sono a conoscenza, anche se egli non ha idea del nostro fidanzamento. Speravamo di poter dare il lieto annuncio questa sera a cena. Crediamo che questo potrebbe convincerlo a cercare un'altra sposa." Vaughn sapeva benissimo che sarebbe stato difficile impedire che Milburn continuasse a ricattare Perdita, ma sperava in segreto che, una volta capito che Vaughn intendeva davvero sposarla – purché lui riuscisse a convincere Perdita della bontà dell'idea – Milburn si sarebbe tirato indietro.

"Capisco."

Vaughn attese, ma Darby non aggiunse altro.

"Volete essere voi a dare l'annuncio?" chiese.

Invece che rispondere a Vaughn, l'uomo più maturo si accarezzò il mento, osservandolo come se fosse stato una conchiglia sotto la sua lente d'ingrandimento.

"*Perché* volete sposare mia figlia? So delle vostre difficoltà economiche, ma ci sono molte ereditiere molto più ricche che di sicuro potreste conquistare facilmente. Cosa rende la mia Perdita tanto interessante per voi?"

Quella era la prova che Vaughn si era aspettato. Doveva rispondere con cautela, ma anche onestamente. Darby aveva l'aria di un uomo che sapeva leggere molto bene gli altri. Vaughn prese la conchiglia di un mollusco e la esaminò.

"Cosa rende questa conchiglia più degna di essere studiata di tutte le altre che voi conservate sui vostri scaffali? Il suo colore e la struttura squisita delle sue scanalature la rendono unica tra tutte le altre. Perdita non è come le altre donne che ho conosciuto. È genuina. Mi sfida senza alcun timore e io lo trovo avvincente. Per non parlare del fatto che è anche molto intelligente. Sapevate che sta cercando di far pubblicare i suoi articoli scientifici sull'astronomia? Mi ha detto che li stava rileggendo per conto di un gentiluomo, ma la grafia è troppo limpida e precisa per essere maschile. Ho subito capito che l'autrice era lei. Le sue conclusioni sono brillanti e io ho intenzione di fare tutto ciò che è in mio potere per aiutarla a conseguire i risultati che desidera." Vaughn sorrise al pensiero. "Sarebbe una gran soddisfazione vederla dare il fatto loro a quei Matusalemme della società astronomica." Vaughn si interruppe quando si rese conto di aver cantato le lodi di Perdita come un ragazzino.

Il signor Darby lo guardò con palese divertimento.

"Sono lieto di vedere che il vostro affetto è ben riposto. Ma non vi darò la mia benedizione prima che voi abbiate *dimostrato* il vostro amore. Perdita potrà sposarvi o non sposarvi, a seconda di ciò che desidera, ma sappiate che vi tengo d'occhio, Darlington. Spezzatele il cuore e io vi seppellirò nei miei boschi, dove nessuno vi troverà mai."

La minaccia, sebbene profferita in tono amabile, era giunta inaspettata. Darby teneva molto alla figlia. L'uomo sarebbe stato orgoglioso di sapere che sua figlia lo proteggeva con altrettanta ferocia, ma poiché Perdita non aveva accennato del ricatto a suo padre, Vaughn l'avrebbe imitata e avrebbe mantenuto il silenzio sull'argomento.

"Ho capito."

"Ottimo. Ora, perché non andate ad aiutare gli altri giovanotti a prendere il ceppo dello Yule? Questa sera dobbiamo accenderlo."

"Naturalmente." Vaughn lasciò Darby nello studio e chiese a un lacchè di passaggio di portargli mantello, cappello e guanti. Quando arrivò l'ingresso, trovò una folla di giovani uomini, tutti bene imbacuccati. Stavano chiacchierando e ridendo mentre si preparavano ad andare a prendere il ceppo dello Yule.

"Vi unirete a loro?"

Perdita apparve all'improvviso al suo fianco. Dio, quella donna sapeva davvero essere furtiva. Una volta sposati, Vaughn le avrebbe fatto cucire dei campanellini ai vestiti, in modo da poterla sentire arrivare.

"Vostro padre mi ha dato ordine di aiutare gli altri." Vaughn prese il mantello dal lacchè che era corso a prendere i suoi indumenti.

"Avete prestato orecchio a mio padre? Santo cielo, lord Darlington, quale altro gesto ragionevole e da gentiluomo compirete poi? Giuro che perderete la vostra infame reputazione, andando avanti così," scherzò la giovane. Vaughn adorò la scintilla nei suoi occhi.

"In quanto *gentiluomo*," disse lui, sottolineando la parola, "vi inviterei a unirvi a noi."

Le sopracciglia arcuate di Perdita si sollevarono. "Davvero? La maggior parte degli uomini non penserebbe di invitare una donna a partecipare a un rito tanto sacro e mascolino."

Vaughn lanciò un'occhiata all'insieme di giovanotti ansiosi che li circondava e sospirò con fare teatrale.

"Signorina Darby, vi prego, fatemi l'onore di salvarmi da quest'orda di giovani virgulti, che senza dubbio mi condurrà alla più vicina bottiglia con la sua goliardia se non avrò una creatura savia e di buonsenso al mio fianco."

Perdita ridacchiò. "In tal caso, accetto. Datemi solo il tempo di prendere il mantello e i guanti."

Vaughn non poteva negare l'entusiasmo che lo percorse al pensiero di trascorrere dell'altro tempo con lei. Quando l'aveva trovata per caso in biblioteca, lei lo aveva colpito duramente. In precedenza, si era concentrato sulle donne soprattutto quando erano nude nel suo letto, ma c'era qualcosa di diverso in Perdita. Lei era fiera, difficile, ma al tempo stesso allettante e dolce. Vaughn non avrebbe mai detto che una donna potesse avere una personalità tanto complessa. Quella sua profondità gli piaceva molto.

Quando l'aveva intravista sulla cassapanca in biblioteca, aveva capito che avrebbe trovato un modo per risvegliare in lei la passione, ma non si era aspettato di rimanere tanto colpito dalle sue reazioni. Abbracciarla nella biblioteca, pensare a lei che scriveva in segreto saggi di astronomia e che violava le convenzioni sociali, poi immaginare il modo in cui era arrossita grazie alle sue mani esploratrici prima di affidarsi a lui per darle piacere... qualcosa in lui scattò al suo posto.

Il piano del falso fidanzamento era cominciato come un modo per sfuggire alla rovina finanziaria, ma ora era tutto cambiato e quello non aveva più importanza. La cosa fondamentale, ora, era conquistare il cuore di Perdita e prenderla in moglie. Vaughn sapeva che non si sarebbe accontentato di nessun'altra. Perdita era un pozzo di misteri senza fondo, un'incantatrice che lo attirava con le proprie labbra innocenti e i propri occhi pieni di segreti. Lui era assolutamente certo che avrebbe potuto trascorrere anni interi a cercare di scoprire chi lei fosse davvero.

Stava ancora ripensando al sapore di Perdita quando notò che Samuel Milburn lo stava fissando dall'altra parte dell'atrio. L'uomo era cupo in viso.

Milburn annuì. "Darlington."

Vaughn ignorò l'occhiataccia che gli fu rivolta e ricambiò il cenno del capo. Poi Milburn lo raggiunse, schivando gli altri giovanotti che zampettavano come cagnolini da una parte all'altra dell'ingresso.

"State per caso inseguendo le gonnelle della signorina Darby?" gli chiese.

"Inseguendo? No. L'ho già catturata." Vaughn sorrise lentamente, osservando il significato delle sue parole che faceva presa sull'altro uomo.

"Catturata? Volete dire..."

"Siamo fidanzati. L'annuncio verrà fatto questa sera a cena." Vaughn si infilò i guanti, lasciando emergere la sua consueta noncuranza. Non voleva che Milburn vedesse disperazione o urgenza. L'uomo non doveva subodorare la vera ragione dietro al loro fidanzamento.

Le guance di Milburn si arrossarono e i suoi occhi si strinsero. "Quand'è che l'avete corteggiata? Lei ha trascorso gli ultimi mesi in campagna e io so che, in quel periodo, voi frequentavate le bische di Londra."

Milburn era dannatamente astuto. Vaughn finì di indossare i guanti e inarcò un sopracciglio. "Un gentiluomo non rivela mai i suoi segreti." Che il bastardo interpretasse come voleva quella frase.

"Anch'io avevo intenzioni nei suoi confronti. Avevo già parlato con Darby." La voce di Milburn si trasformò in un ringhio basso e minaccioso. Esso avrebbe potuto preoccupare alcuni gentiluomini, soprattutto quelli che conoscevano il suo carattere crudele e violento. Ma Vaughn non era tra questi.

"Mi dispiace informarvi che sono arrivato per primo, vecchio mio. E sapete che non ho alcuna intenzione di condividere ciò che mi appartiene con nessun uomo." Vaughn diede una pacca sulla spalla dell'altro. Avvertì la tensione crescere tra di loro. Non erano due ragazzini sciocchi; erano uomini, pronti ad affrontarsi come due cervi in uno scontro per il predominio. Vaughn era più che pronto ad affrontare in combattimento il bastardo per il bene di Perdita. Gli sarebbe davvero piaciuto avere la possibilità di sporcarsi le nocche col suo sangue.

Milburn sembrava pronto a continuare la discussione, ma Perdita apparve in cima alle scale con addosso un mantello nero bordato di pelliccia bianca di ermellino. I suoi capelli scuri erano sfuggiti all'acconciatura alta alla greca e nastri rosso acceso erano stati legati in mezzo a essi per trattenere le ciocche. Era una creaturina assolutamente appetitosa.

Ed è tutta mia.

Vaughn sorrise entusiasta mentre la giovane scendeva le scale e poi le offrì le mani. Perdita mise le mani guantate nelle sue, il che gli diede un momento per osservarla. La donna indossava un mantello, ma il suo abito sembrava un po' troppo leggero per camminare tra i boschi.

"Siete sicura di essere abbastanza al caldo, cara?" chiese Vaughn, sinceramente preoccupato. Non si poteva girare per i boschi con addosso un pregiato abito da tè.

"Sì. Questo non è il mio vestito migliore, ma non volevo perdermi l'esperienza solo perché avrei dovuto cambiarmi d'abito." Era di una dolcezza adorabile quando arricciava il naso e Vaughn non riuscì a resistere e sorrise. Che diamine, da quando una tale dolcezza aveva avuto un'influenza così forte su di lui? Le sue compagne di letto passate erano state lunatiche, sensuali e amichevoli come gatte in calore, ma Perdita era completamente diversa da loro e Vaughn trovava la cosa rinfrancante. La giovane si voltò, come se si fosse resa conto solo in quel momento che Milburn era lì accanto a loro.

"Ah, chiedo scusa, signor Milburn. Ho interrotto la vostra conversazione?" I suoi occhi spalancati erano colmi di innocenza, ma Vaughn sapeva che li aveva interrotti di proposito e ne era lieto.

Rispose allora per l'altro. "No, certo che no. Stavamo solo parlando del più e del meno, vero, Milburn?"

Gli occhi scuri di Milburn ardevano di un fuoco colmo di odio, ma l'uomo non poteva perdere le staffe di fronte agli altri ospiti. Si allontanò a grandi passi, spintonando alcuni uomini con abbastanza forza da farli brontolare e spingerli a lisciarsi contrariati i cappotti.

"Alla faccia dello spirito natalizio," disse uno di loro.

Vaughn si rivolse alla sua fidanzata. "È stato davvero entusiasmante. Un po' come punzecchiare un orso arrabbiato." Poi ridacchiò e offrì il braccio a Perdita.

Sembrava che gli altri avessero deciso di essere pronti a iniziare: la folla degli uomini uscì all'improvviso dalla porta in una muraglia di mantelli svolazzanti e stivali scalpiccianti. Corsero nella neve come giovani e sani segugi.

Perdita ridacchiò mentre gli uomini cominciavano la loro vivace corsa verso la foresta lungo il confine della proprietà. "Santo cielo, guardate come corrono. Sembrerebbe che li abbiano tenuti chiusi in casa per una settimana."

"Milady." Vaughn sollevò Perdita per la vita e la posò nella neve. Alcuni degli uomini avevano già tracciato un discreto sentiero di fronte a loro. Camminare sulla neve già compattata sarebbe stato molto meglio per le gonne della giovane.

Perdita voltò la testa per celare il rossore del viso, quindi sollevò l'abito con una mano e cominciò a camminare. Vaughn le prese l'altro braccio e insieme entrarono nei boschi. A causa della pesante nevicata, solo pochi uccelli canticchiavano sugli alberi e Vaughn non resistette alla tentazione di provocare Perdita.

"Guardate." Indicò con la mano libera un volatile blu e giallo con dei segni neri attorno alla gola e agli occhi. L'uccellino era agilmente appollaiato sul sottile ramo spoglio di un alberello robusto.

"Oh, che bellezza." Perdita si fermò a guardare il volatile. Il ramo era sottile al punto che il peso dell'uccellino lo faceva piegare e flettere mentre la creatura cambiava posizione e sbatteva le ali.

"Quella è una cinciarella[1]," disse lui. "Diventa sempre blu d'inverno, quando fa freddo. Ha una cugina chiamata cinciallegra; è simile, ma molto più grossa." Vaughn attese, trattenendo il fiato in attesa di vedere se Perdita avrebbe capito la battuta che lui stava cercando di fare, riguardo al fatto che a diventare blu non fossero le cinciarelle...

"Credo che stiate cercando di prendermi in giro."

"In che senso?"

"Sapete bene quanto me che le vostre affermazioni sono ambigue."

"A dire il vero, sto parlando di semplici animali, come lo sono anche la cincia e la cincia mora[2]. Non sono responsabile dei significati che la *vostra* immaginazione attribuisce a quello che dico."

"Beh, ciò nonostante, dovete smetterla di parlare di *tette blu*," mormorò la giovane in tono a metà tra il divertito lo scandalizzato.

"Prometto di far tornare le vostre di un bel rosa, una volta che saremo di nuovo al coperto.

"Vaughn!" lo ammonì lei.

"Che c'è? Siete stata voi a cominciare, ma questo non significa che non possa contribuire. Sì, credo che qualche bacio e qualche succhiata riporteranno il rosa al suo posto." Vaughn si chinò a mormorare le ultime parole, che strapparono un sussulto a Perdita.

"Smettetela," disse la giovane, che già cominciava ad arrossire in viso.

"Immagino che non vogliate sentirmi descrivere i fringuelli. Loro sì che hanno dei bei petti rosei."

Perdita sembrava sul punto di prenderlo a pugni, ma poi cambiò idea. Sbuffò e si allontanò di qualche passo prima di chinarsi. Prima di rendersi conto di quali erano le sue intenzioni, Vaughn si ritrovò col viso pieno di neve.

Si lavò sputacchiando il residuo polveroso dal viso.

"Pagherete per questo, mia cara." Vaughn si inginocchiò e cominciò a riempirsi le mani di neve. Quando si alzò, pronto a prendere la mira, di Perdita non c'era più traccia.

Ma Vaughn vide chiaramente una serie di delicate impronte di stivali nella neve, che conducevano nel profondo dei boschi. Con un sorriso da lupo, cominciò a dare la caccia alla sua signora, cercando tracce di un mantello rosso all'interno della foresta innevata. Quando avrebbe trovato il suo bel Cappuccetto Rosso, le avrebbe fatto pagare lo scotto del suo comportamento birbante ed entrambi avrebbero goduto di ogni singolo istante dell'esperienza.

$\maltese$ *6* $\maltese$

PERDITA SI STRINSE ATTORNO AL CORPO I LEMBI DEL mantello per evitare che esso sporgesse dalla base del grosso albero dietro al quale era nascosta. Lanciare una palla di neve a Vaughn era stata una tentazione troppo grande per potervi resistere. Le piaceva vederlo scomposto e sorpreso. Questo lo faceva sembrare più concreto e meno simile alla canaglia protagonista dei sogni proibiti di una scolaretta. Non che a lei dispiacesse quel lato di lui; ma aveva voglia di vedere il vero Vaughn, non la facciata che egli mostrava al resto del mondo.

Sapeva prima ancora di lanciare quella palla di neve che Vaughn avrebbe cercato vendetta, senza dubbio in una maniera sensuale che l'avrebbe lasciata tremante e senza fiato. Di conseguenza, Perdita aveva girato sui tacchi e si era data alla fuga, per rendere l'inseguimento molto più soddisfacente per entrambi.

Avrebbe dovuto scegliere il mantello bianco invece che quello rosso, ma il contrasto di quel colore con la neve le era parso molto gradevole.

E ora ne pagherò le conseguenze.

Riuscì a scorgere, molto più in là, i giovani uomini alla ricerca del ceppo natalizio perfetto. Avevano bisogno di qualcosa di grosso, che avrebbe bruciato per dodici giorni. Trovare un ceppo di quelle dimensioni non era realmente possibile, ma gli uomini amavano confrontarsi in sfide sciocche come quella.

Perdita tornò a concentrarsi sulla foresta. Chiuse gli occhi, esaminando i suoni che la circondavano. Il cinguettio delle cinciarelle e, occasionalmente, gli schiocchi e gli scricchiolii dei rami ghiacciati erano gli unici suoni che riusciva a individuare. Aprì gli occhi, chiedendosi dove fosse finito Vaughn, se mai si era mosso. Quando sbirciò da dietro l'albero, si aspettava quasi di trovarlo vicino, pronto a saltarle addosso. Nulla. La foresta era vuota lungo tutto il sentiero che conduceva alla casa.

Dove diavolo era finito Vaughn? Perdita si voltò di nuovo verso il bosco e lanciò un urlo. In qualche modo, l'uomo era riuscito a girarle attorno! Il cuore le balzò in gola di fronte a quella visione improvvisa e inaspettata. Vaughn la spinse contro l'albero e le premette una mano guantata contro la bocca.

"Avete lasciato il vostro delizioso posteriore sguarnito, dolcezza." Lo schiocco di lingua dell'uomo fu delicato e malizioso, proprio come il suo sorriso in quel momento. Premette il corpo e l'inguine contro quelli di lei. Perdita non si era mai sentita così piccola e vulnerabile come in quel momento. La cosa avrebbe dovuto farle paura. Qualunque giovane donna, nelle medesime condizioni, sarebbe stata terrorizzata, ma il fatto che Vaughn la tenesse in trappola in quel modo in una buia foresta in inverno le faceva ribollire il sangue.

Sono lussuriosa quanto lui. Il pensiero fu sepolto da un'ondata di sensazioni quando Vaughn le tolse la mano della bocca e la baciò. Fu un bacio spietato, un bacio che la marchiò, che la conquistò e lei ricordò che apparteneva a lui... ma non come avrebbe fatto un uomo come Milburn. Vaughn non la possedeva e di certo non voleva piegarla. Ma in quella foresta, circondati com'erano dalla neve e dal silenzio, egli si impadronì della sua anima per il brevissimo istante di un bacio rubato.

"Siete astuta," le mormorò nell'orecchio lui. "Ma non abbastanza veloce, temo. Vi punisco qui?" Vaughn le infilò una mano sotto il mantello per afferrarle il sedere. Il corpo di Perdita arse al contatto, mentre lei si chiedeva che genere di punizione le avrebbe inferto.

"Vi prego, Vaughn," mormorò, senza sapere esattamente cosa stesse implorando. Appoggiò le mani guantate alle spalle dell'uomo e affondò le dita, tenendolo stretto. Vaughn le fece inclinare la testa infilandole le dita sotto il mento.

"Ah, le cose che potrei farvi..." Lo sguardo dell'uomo la percorse prima di posarsi sulle sue labbra. 'Ma credo che un bacio sia quello che meritate." Vaughn le tolse la mano da sotto il mento e, con l'aiuto dei denti, si tolse il guanto, lasciandolo cadere nella neve accanto a loro.

"Sì, baciatemi, per favore." Lo sguardo di Perdita si fissò sulla bocca di lui mentre lo incoraggiava. Vaughn aveva labbra assolutamente perfette: morbide, calde e sensuali. Il genere di labbra che scivolava sulla pelle nuda di Perdita, si fondeva con le sue e sembrava cancellare il mondo tutto attorno fino a quando non rimaneva nient'altro.

"Sollevate le gonne," ringhiò l'uomo in tono cupo ed esigente.

Perdita rabbrividì e mormorò di rimando: "Cosa? Perché?"

Vaughn inarcò un sopracciglio in un modo che lei stava cominciando a imparare a riconoscere: un segnale del fatto che, mettendo in discussione i suoi ordini, lei aveva intrapreso una strada pericolosa. Una donna che chiedesse al visconte di spiegare la sua seduzione avrebbe potuto scoprire di aver fatto il passo più lungo della gamba. Vaughn aveva già menzionato le sculacciate, una volta. All'inizio, l'idea aveva sconcertato Perdita, ma quello che per Vaughn era un colpetto amoroso non prevedeva la crudeltà o la violenza, ma il piacere. Il brivido di pensare a lui che le percuoteva delicatamente il posteriore era innegabilmente erotico e lei voleva sperimentarlo.

"Sollevate le gonne e chiedetemi di baciarvi, tesoro." La voce di Vaughn era ora bassa e suadente. "Se lo farete come si deve, vi ricompenserò. In caso contrario, punirò il vostro bel sederino. Non mi interessa se dovrò piegarvi sulle mie gambe in mezzo alla neve davanti a tutti."

Il cuore di Perdita martellò mentre lei si guardava attorno, temendo che qualcuno li avrebbe visti. "Ma..."

La mano di Vaughn le afferrò il mento, costringendola a riportare la sua attenzione su di lui. "Nessuno ci vedrà, cara. Gli uomini sono troppo lontani." Il visconte gettò il mantello attorno alla parte sinistra del corpo di Perdita, proteggendola dallo sguardo di chiunque avrebbe potuto vederli da quella direzione. "Ora sollevate le gonne e chiedetemi un bacio. E quando lo farete, mi chiamerete *milord*."

Il suo portamento sicuro mentre indietreggiava, lasciando a Perdita spazio sufficiente per sollevare le gonne, era insopportabile quasi quanto era eccitante. Perdita si afferrò le gonne e le alzò, scoprendo la sottogonna. L'aria fredda le colpì le gambe, facendola tremare.

"Vi prego, baciatemi..." Esitò e le sue ciglia si abbassarono per un istante, ma solo per un istante. "Milord."

"Piccola impertinente. Ma va bene così, per il momento." Il tono sussiegoso dell'uomo la fece infuriare.

Ma Perdita non ebbe il tempo di replicare. Vaughn calò su di lei, catturandole la bocca con la propria. Per poco Perdita non lasciò cadere le gonne, ma la mano nuda dell'uomo apparve all'improvviso in mezzo alle sue cosce. Vaughn non la penetrò con le dita, non come aveva fatto in biblioteca. Si limitò a toccare la protuberanza sensibile in cima al suo sesso. Vi premette contro, per poi muovere i polpastrelli in piccoli cerchi.

Perdita rabbrividì e cercò di divincolarsi. Era un punto troppo sensibile e il freddo peggiorava le cose, ma Vaughn le afferrò la gola con l'altra mano – senza stringere, ma tenendola comunque ferma in una presa delicata, ma possessiva. Perdita era prigioniera del delizioso tormento da lui inflitto. Inarcando la schiena, capì di doversi arrendere a Vaughn e, in quel momento, *volle* farlo.

La lingua dell'uomo percorse le sue labbra piene mentre lei ricambiava voracemente il bacio. La bocca di Vaughn era pressante, esploratrice ed esigente. Era tutto ciò che lei amava di lui.

Quel pensiero inviò una scossa di sensazioni lungo il suo corpo, fino alle dita tra le sue cosce. Perdita voleva appartenere a lui, essere l'unica donna che avrebbe mai conosciuto il suo lato oscuro, che era pari a quello di lei.

Siamo anime gemelle avviluppate l'una accanto all'altra, sempre protese verso il prossimo bacio, verso la prossima carezza rubata al momento giusto.

Il corpo di Perdita tremò mentre il piacere la attraversava. Appoggiò la schiena all'albero, col mantello di Vaughn che le faceva da scudo mentre la corrente del piacere continuavano a scorrere in lei. L'uomo la stimolò per qualche istante in più prima di allontanare la mano e lasciare che le sue gonne ricadessero al loro posto. Quindi, staccò le labbra dalle sue. Erano vicini nel corpo, ma in quel momento, a Perdita parve che non ci fosse alcuna distanza tra di loro. Era come se fossero un solo essere, con un solo cuore pulsante e una sola anima.

Quando le labbra di Vaughn si curvarono in un sorriso, questa volta in esso non c'era alcuna malizia, solo una gioia infantile. Il cuore di Perdita spiccò un balzo a quella vista. La fredda intensità era svanita dallo sguardo dell'uomo. Lei era di fronte a quel lato segreto di lui che tanto aveva voluto vedere. Era come se fosse entrata per caso in una vecchia soffitta e si fosse imbattuta in un ritratto coperto da vecchi teli. Aveva rimosso il tessuto sbiadito e, quando la polvere si era depositata, la luce del sole proveniente da un lucernario aveva illuminato il viso nascosto dipinto a olio di fronte a lei.

Era un momento privato tutto suo, che Perdita non sarebbe mai stata costretta a condividere col resto del mondo. Una parte di Vaughn che apparteneva a lei, anche se solo per un momento nella memoria. L'intimità sognante di quell'istante li intrappolò entrambi nella sua malia.

Vaughn avvicinò lentamente il viso. Questa volta, il bacio che seguì fu dolce, tenero, ma anche profondo. Le sue labbra si soffermarono su quelle di Perdita, coinvolgendole in una danza lenta e giocosa che parve andare avanti per sempre. Lei gli passò le braccia attorno, accarezzandogli la nuca, facendolo tremare quando trovò un punto sensibile dove il collo incontrava alle spalle.

"Che cosa mi state facendo?" mormorò Vaughn. La

confusione nella sua voce era dolce e tenera, e la fece sorridere contro la bocca di lui.

"*Io?* Siete *voi* ad avermi stregato," rispose.

"Allora siamo entrambi caduti vittima di un qualche incantesimo." Vaughn le sfiorò la guancia con la mano guantata prima di lasciar ricadere il mantello e chinarsi a recuperare quello che aveva gettato. Perdita fu costretta a lasciarlo andare e le parve di avere le braccia vuote senza di lui.

Vaughn si schiarì la voce. "Dovremmo raggiungere gli altri prima che la nostra assenza venga notata." Si rimise il guanto e le tese la mano. Perdita la prese e insieme cominciarono la lunga camminata nei boschi alla ricerca degli altri uomini.

Il resto del gruppo era ormai nel folto della foresta quando loro li raggiunsero. Avevano trovato un tronco che tutti concordavano essere perfetto come ceppo natalizio.

"Ehi, Darlington. Vi va di dare un colpetto a questo colosso? Abbiamo quasi finito." Uno dei giovani sollevò una grossa ascia e usò la lama per indicare il tronco caduto.

"Immagino di sì." Vaughn si tolse il mantello e lo gettò al giovanotto prima di prendere l'ascia.

Perdita fece un passo indietro, imitata dagli altri, per dare a Vaughn spazio sufficiente a roteare l'attrezzo.

Il visconte impugnava l'ascia come se fosse stato un boscaiolo al servizio di un'antica regina medievale. La lama color argento tracciò un arco nell'aria e affondò nel legno con un tonfo pesante. Il tronco fu spaccato con quattro, violenti colpi, dopodiché Vaughn si spostò di circa un metro e mezzo per separarlo dalla base a cui erano attaccate le radici.

"Credete che sia sufficiente?" chiese Vaughn.

"Credo di sì," rispose uno degli uomini. Altri quattro si

chinarono a sollevare il ceppo natalizio e cominciarono il faticoso procedimento di trasportarlo fino alla casa. Vaughn andò a recuperare il mantello e un altro giovane uomo attaccò bottone con lui.

Perdita avrebbe voluto raggiungerli, ma le sembrava maleducazione interrompere.

"E così, voi e Darlington siete fidanzati?" La fredda voce di Milburn la fece sussultare. L'uomo la afferrò per un braccio da dietro, stringendo forte, e lei rimase bloccata sul posto, con lui che la teneva ferma di fronte a sé, il braccio torto dietro la schiena. Se l'uomo glielo avesse piegato di più, esso si sarebbe spezzato. Il dolore si irradiava dal gomito e Perdita si morse il labbro inferiore per non gridare.

"Lasciatemi andare. Mi state facendo del male," sibilò.

Milburn la ignorò. "Ho trascorso *quattro mesi* a fare l'amichevole con quel vecchio imbecille che voi chiamate padre e ora fate entrare un altro uomo nel vostro letto? Non intendo tollerarlo. Non dimenticate quello che vi ho detto. Posso consegnare le prove in mio possesso a un magistrato in qualunque momento. Se lo farò, vostro padre rischierà di essere imprigionato o peggio."

La lingua di Perdita parve gonfiarsi e la sua gola si strinse per la paura. "Non l'ho dimenticato."

"In tal caso, vi suggerisco di rinsavire e dire a Darlington di rompere il fidanzamento. Altrimenti, sarà vostro padre a pagare per la vostra testardaggine."

La minaccia di Milburn era molto diversa da quella di Vaughn. Vaughn l'aveva punita con baci e col piacere. Milburn era un vigliacco e una belva crudele che voleva semplicemente controllare ogni sua azione. Nonostante la paura, la rabbia emerse ruggendo in superficie. Perdita doveva ribellarsi. Se Milburn avesse vinto ora, in quel modo, lei non sarebbe mai stata libera.

"Lasciatemi subito andare, o griderò. E allora voi sarete costretto a spiegare a quei gentiluomini quello che stavate facendo." Perdita si voltò a fronteggiare Milburn; nel farlo, il cappuccio le cadde dalla testa. "Potete anche essere in grado di spaventare ogni altra donna di Londra, ma *non* la sottoscritta."

Liberò di scatto il braccio dalla presa dello sconcertato Milburn, quindi avvicinò il viso al suo. "Non potrei rompere il fidanzamento con lui nemmeno se volessi." Era una menzogna, ma Perdita sperava che Milburn ci avrebbe creduto. "Lord Darlington non intende rinunciare a me per nulla al mondo. Se farete del male a me o alla mia famiglia, affronterete la sua collera. Non dimenticatelo," sibilò lei. "Rivolgetevi di nuovo a me in quel modo e vi farò inseguire dai cani fuori dalla mia proprietà fino a quando non avrete le vesciche ai piedi." Lo fissò senza distogliere lo sguardo, come avrebbe fatto con un animale pericoloso, prima di voltarsi e allontanarsi.

All'inferno la buona educazione: avrebbe raggiunto Vaughn. La rabbia era riuscita a malapena a coprire la paura che si era gonfiata in lei di fronte alle azioni di Milburn. Per afferrarla e minacciarla in quel modo, l'uomo doveva essere più deciso di quanto lei avesse potuto immaginare e molto più pericoloso di quanto avesse voluto credere.

Perdita aveva sperato che il falso fidanzamento con Vaughn avrebbe scoraggiato Milburn. Evidentemente, non era così. Lei non aveva sopravvalutato Vaughn, ma *aveva* sottovalutato Milburn. L'uomo non temeva di usare le presunte prove in suo possesso per distruggere Darby. Cosa avrebbe fatto lei? Cercò di convincersi che Milburn doveva aver reagito in quel modo solo perché la ferita al suo orgoglio era ancora fresca. Forse, col tempo, egli avrebbe perso interesse. Il piano doveva funzionare, o tutto il resto sarebbe crollato.

Vaughn si voltò al suo avvicinarsi, il bel viso coperto da una maschera di fredda indifferenza.

"Signorina Darby." Il visconte chinò la testa in un cordiale cenno di saluto e l'altro gentiluomo lo imitò. "Va tutto bene?"

Perdita si appiccicò un falso sorriso alle labbra. "Sì." Sapeva che, se avesse rivelato a Vaughn ciò che era successo, egli avrebbe potuto usare l'ascia — che aveva ancora in mano — per fare a pezzi l'altro uomo. Per quanto l'idea fosse in quel momento allettante, lei non poteva permettere che ciò accadesse.

"Avete freddo? Mi offro di riaccompagnarvi a casa." Vaughn le offrì galantemente il braccio di fronte agli altri uomini.

Perdita annuì e infilò il braccio nell'incavo di quello dell'uomo. "Grazie." Il visconte restituì l'ascia agli altri e loro due cominciarono il tragitto del ritorno. Dapprima, Milburn non si vedeva da nessuna parte, ma poi lei lo intravide a una dozzina di metri di distanza, intento a parlare col suo compagno di viaggio. La cosa non la rassicurò. Aveva la terribile sensazione che Samuel Milburn non si sarebbe tirato indietro.

7

VAUGHN SE NE STAVA APPOGGIATO ALLA PARETE posteriore del grande salotto già pieno di gentiluomini in abito da sera. Al momento, non aveva voglia di unirsi a una delle loro conversazioni. Le signore erano scese a coppie nel corso dell'ultima ora prima della cena, ma Perdita non si vedeva da nessuna parte.

La cosa non gli piaceva. Perdita non era il genere di donna che impiegava una quantità esagerata di tempo a prepararsi per la cena. Vaughn era divorato dal senso di colpa. Temeva di essersi spinto troppo in là nel bosco. Durante il tragitto di ritorno, Perdita era stata pallida e chiusa in se stessa e lui non era riuscito a strapparla ai suoi pensieri, nemmeno chiedendole di parlargli del suo amore per la scienza. L'aveva anche presa in giro usando i nomi delle costellazioni, pronunciandoli in maniera errata, ma Perdita non lo aveva corretto.

Lo sguardo distante negli occhi della giovane aveva divorato il senso di sicurezza di Vaughn. In passato, lui non si era mai preoccupato di ciò che faceva con una donna, ma con Perdita, *tutto* quello che faceva aveva importanza.

Ho insistito troppo? Ho chiesto qualcosa che lei non poteva darmi? La maggior parte delle signore di buona famiglia non amava la sua particolare tipologia di passione − gli ordini, l'obbedienza, la nota di dolore che sfumava nel piacere. Era quella la ragione per cui Vaughn non seduceva mai delle innocenti e limitava le sue attività a vedove e amanti che condividevano i suoi appetiti.

Quando aveva baciato Perdita nel bosco, lei si era lasciata andare con *immensa* dolcezza e aveva inclinato il mondo di Vaughn sul suo asse, scombinando tutto come sabbia che rotolava in una clessidra. Lui era ancora sconvolto di fronte alla perfezione di Perdita, a quanto essa avesse messo alla prova il suo autocontrollo, incitandolo a prenderla lì e in quel momento. Ma forse, lui aveva visto solo ciò che voleva vedere. Forse Perdita aveva provato paura nei suoi confronti, piuttosto che interesse.

Vaughn sentiva la mancanza del tocco di una donna al punto da aver frainteso? Perdita si stava forse nascondendo da lui perché si vergognava troppo di ciò che era accaduto, timorosa che lui lo avrebbe fatto di nuovo? Vaughn non sopportava l'idea. Non si sarebbe mai perdonato se avesse scoperto di essersi completamente sbagliato. Ma prima che lui potesse andare in cerca di Perdita per scusarsi, la porta dalla parte opposta della stanza si aprì e la giovane apparve.

Indossava un abito di seta rosso rubino bordato di balze di pizzo bianco, come se dei fiocchi di neve fossero rimasti impigliati nel lussuoso tessuto. Il suo corpino era ricamato di minuscoli fiori e le maniche a sbuffo si aggrappavano alle eleganti spalle curve della giovane. Alcuni riccioli scuri rimbalzavano contro la sua pelle lattea, accarezzandola. Una pelle che Vaughn avrebbe tanto voluto assaporare. Quella donna era una splendida visione e lui temeva di aver rovinato le proprie possibilità di sposarla.

Trattenne il fiato, mentre percorreva il perimetro della stanza diretto verso di lei, osservandola parlare con gli altri ospiti. Studiò ogni movimento della sua testa, ogni sua mossa, cercando di capire cosa le stesse passando per la mente. Gli ribolliva il sangue al pensiero di lei, ma la paura lo tratteneva. Alla fine, decise di parlarle. Forse, il modo in cui si sarebbe rivolta a lui avrebbe rivelato di più.

Il padre di Perdita si frappose tra lui e il suo obiettivo. "Darlington."

Vaughn soffocò la frustrazione nell'incrociare lo sguardo divertito dell'uomo più maturo. Doveva parlare con Perdita, chiederle se stesse bene. L'ultima persona con cui voleva parlare era il padre di lei, un uomo che con ogni probabilità gli avrebbe sparato se avesse saputo cosa Vaughn aveva combinato con sua figlia.

"Sì?"

"Ho parlato con Perdita e lei ha convenuto che dare l'annuncio questa sera sia una buona idea. Pensavo di fare un brindisi durante la cena. Siete d'accordo?"

"Le avete parlato?" Vaughn si aggrappò a quel singolo fatto mentre il suo cuore batteva all'impazzata. "Quando?"

Darby inclinò la testa. "Dopo che siete tornati col ceppo natalizio. Le cose non sono cambiate da quando abbiamo parlato oggi pomeriggio, vero?"

"No, certo che no. Sono solo felice che lei abbia parlato con voi." Ciò gli dava un barlume di speranza che, forse, Perdita avesse gradito il loro momento nel bosco e che lui non l'avesse spaventata. Tuttavia, era altrettanto possibile che la giovane stesse semplicemente portando avanti il piano di dissuadere Milburn.

"Così è stato." Una luce allegra brillava negli occhi di

Darby. "Lo ammetto: prima che lei mi dicesse quanto affetto prova nei vostri confronti, io non ci credevo. Non intendo negare a mia figlia ciò che il suo cuore desidera, ma..." L'uomo si sporse verso Vaughn. "La minaccia di seppellirvi è ancora valida. Fareste meglio a non spezzarle il cuore, o non vi troveranno mai più."

Vaughn annuì lentamente per dimostrare che aveva capito.

"Ottimo punto." Darby gli diede una pacca sulla spalla con la mano aperta e si levò dalla sua strada.

Ora Perdita era sola e lo stava guardando. Vaughn si sentiva addosso gli sguardi di tutti, soprattutto delle donne, quando lui e Perdita si incrociarono. Avrebbero mormorato di quell'incontro dietro i ventagli, speculando su ogni singola occhiata, sorriso o parola condiviso tra loro due. Vaughn non poteva impedirglielo, né avrebbe tentato di farlo. Era proprio quello il punto della sciarada: far sì che la gente parlasse, che li notasse insieme e che le voci tartassassero Milburn fino a quando egli non avesse perso la speranza di avere successo.

Per un attimo, nessuno dei due parlò. Perdita schiuse le labbra e lui si scoprì ad avere paura di quello che avrebbe potuto dire. Si affrettò a precederla. "Riguardo a quello che è successo oggi... nel bosco." Cercò sul viso della giovane eventuali segni di orrore al ricordo del momento. "Non... Non avrei dovuto costringervi."

Le labbra di Perdita si schiusero ancora di più e i suoi occhi si spalancarono. "Ma..." La giovane avvicinò il viso al suo. "A me è *piaciuto* quello che abbiamo fatto." Si accigliò. "Non siete rimasto soddisfatto?" Perdita si portò una mano guantata alle labbra e le sue guance arrossirono all'improvviso.

"No!" Vaughn le afferrò l'altra mano. "Voglio dire,"

precisò alla vista dell'espressione ferita di lei, "l'ho gradito. Troppo. Temevo di avervi spaventata, che aveste visto il mio cuore nero e l'aveste trovato troppo per voi." Vacillò quando si rese conto di cosa aveva confessato. Qualcosa che nessun uomo avrebbe mai dovuto dire a una donna. Suonava come il suo amico Ambrose. Quel pazzo si era tuffato nell'amore per l'amica di Perdita senza guardarsi alle spalle. Vaughn non aveva alcuna intenzione di innamorarsi, nemmeno della sua futura sposa. Aveva sempre desiderato provare affetto per sua moglie, perché ciò avrebbe reso più felice il matrimonio, ma l'amore era un'emozione troppo pericolosa, troppo imprevedibile. Non avrebbe mai messo a rischio il suo cuore nero per amore.

Invece che affrettarsi a rassicurarlo o a negare di aver avuto paura, Perdita sollevò il mento. I suoi caldi occhi marroni parvero brillare di un misto di divertimento ed euforia.

"Vaughn, se voi aveste cercato di farmi qualcosa che non desideravo, io non lo avrei permesso." Le labbra della giovane si curvarono nell'ombra di un sorriso e l'arguzia e la sicurezza, che lui aveva temuto l'avessero abbandonata, riapparvero.

E tuttavia, Vaughn non riuscì a resistere alla tentazione di chiedere: "Ma quando siamo tornati, eravate davvero silenziosa. Temevo che—"

"La famigerata canaglia si preoccupa per me?" Perdita stava ancora sorridendo, ma per un breve istante, lui vide ancora una volta quell'ombra nei suoi occhi. Poi essa svanì. "Ammetto che i miei pensieri erano altrove," disse la donna. "Ma nulla a che vedere con voi o con ciò che c'è stato tra noi."

L'ondata di sollievo che lo colse nell'udire quelle parole fu sorprendente. Fino a quel momento, Vaughn non si era reso conto di quanto avesse avuto bisogno che Perdita gli dicesse che andava tutto bene.

"Ora, temo che non siederemo vicini a cena. Mia madre ci ha assegnato due posti lontani." Perdita arricciò il naso, a riprova del suo palese disappunto per quella scelta.

"Non vi avrà messa vicino a..." Vaughn accennò discretamente col capo in direzione di Milburn.

"No, grazie al Cielo." Lo sguardo di Perdita si illuminò di nuovo. "Pensavo che avremmo potuto parlare, dopo cena. Dobbiamo prepararci a farci vedere insieme da lui, giusto? In privato?" Lo sguardo della giovane cadde sulle sue labbra e Vaughn capì cosa intendeva davvero. Il bagliore eccitato nei suoi occhi era impossibile da fraintendere. La piccola volpe sentiva palesemente la mancanza di lui e di tutte le belle cosine che lui sapeva fare. *E pensare che temevo non le fosse piaciuto.*

Perdita si morse il labbro. "Santo cielo, avete di nuovo quel sorriso."

"Hmm?" Vaughn si rese conto che Perdita aveva ragione, ma non riuscì a trattenersi.

"Mi preoccupate quando avete quell'espressione. Sembra quella di un lupo che guarda un coniglio bello pasciuto."

Il sorriso di Vaughn si allargò. "I miei conigli mi piacciono pasciuti." Le rivolse un sorrisetto giocoso e ottenne da lei un rossore accalorato.

La porta del salotto si aprì e fu annunciato che la cena era pronta. Vaughn prese sorridendo Perdita sottobraccio.

Si chinò a mormorarle nell'orecchio: "Ricordate il nostro momento in biblioteca. Ogni volta che berrò dal mio calice di vino, penserò al vostro sapore." Avvertì un brivido percorrere il corpo di Perdita. *Quello* l'avrebbe tenuta occupata, quella sera, perché lui aveva intenzione di bere parecchio vino.

Le coppie si radunarono nella sala da pranzo, le voci che rimbalzavano per i corridoi. Darby House sembrava sempre un luogo di vita e di gioia, non importava il periodo dell'anno. La luce dorata delle lampade che brillava sugli abiti da sera scintillanti dipingeva un bel quadretto in mezzo al mobilio pregiato. Il luogo aveva un'eleganza vivace che parlava di denaro speso, ma speso bene. Nulla a che fare coi genitori di Vaughn e il modo in cui avrebbero gestito la casa.

Quando suo fratello maggiore, Edward, era morto, i suoi genitori erano rimasti distrutti nello spirito. Non erano mai stati una coppia profondamente innamorata, ma avevano condiviso un amore per il figlio maggiore che li aveva uniti nel lutto. Vaughn non aveva mai ricevuto molte attenzioni prima della morte di suo fratello e, dopo lo sfortunato evento, l'interesse che gli era stato rivolto era stato puramente forzato. Suo padre si era ritirato nel suo club e presto i debiti avevano iniziato ad accumularsi, mentre sua madre si era consumata un giorno dopo l'altro, trascorrendo a volte intere ore nella stanza di Edward, stringendosi al petto un ritratto in miniatura del figlio morto.

I servitori si muovevano come spettri nella casa cupa e taciturna e Vaughn non aveva avuto la forza di opporsi ai piani dei suoi genitori di trasformare la casa in un mausoleo per il figlio scomparso. Invece, si era procurato una casa da scapolo in Jermyn Street e vi era rimasto fino alla morte dei suoi genitori. Tutto ciò gli aveva lasciato una brama dolceamara della bellezza e del tepore che avvertiva a Darby House. Il suo desiderio segreto di conquistare la mano di Perdita era cresciuto, ma ora dubitava della propria capacità di darle la vita felice e colma di affetto che lei meritava. A differenza di lei, non era stato cresciuto da genitori di buonsenso e amorevoli, e non avrebbe saputo da dove cominciare per costruire una vita come quella per lei.

"Ora siete *voi* quello accigliato," scherzò Perdita, imitando il suo cipiglio.

Vaughn non riuscì a trattenere una risata sommessa. "È vero. Mi acciglio sempre quando sono immerso nelle mie riflessioni." Seppellì i suoi cupi pensieri e aggiunse a bassa voce: "Credo che dovremmo incontrarci, questa notte. In biblioteca dopo mezzanotte?"

"D'accordo," rispose Perdita, a voce altrettanto bassa.

Entrarono in sala da pranzo e, da quel momento in poi, non ebbero più occasione di parlare in privato. Vaughn accompagnò Perdita al suo posto, all'estremità del tavolo, prima di recarsi al proprio. Era seduto vicino alla madre di lei.

Dannazione. Non riusciva a vedere il viso della giovane: le numerose decorazioni sul tavolo gli bloccavano la visuale. Le colorate piume di un grosso fagiano farcito si aprivano come se esso fosse pronto a spiccare il volo. Vaughn riusciva a intravedere solo la curva del collo di Perdita oltre il dorso arcuato delle ali del volatile.

La cena non sarebbe stata piacevole come lui aveva sperato. Guardò verso l'anziano gentiluomo seduto alla sua sinistra. Questi godeva di una visuale migliore su Perdita.

Vaughn diede di gomito all'uomo maturo. "Chiedo scusa. Vi dispiacerebbe fare a cambio di posto?"

Il viso dell'anziano arrossì violentemente mentre il suo sguardo correva alla signora Darby, per poi tornare a posarsi su Vaughn. "Fare a cambio di posto?" esclamò. "Buon Dio, la padrona di casa è proprio accanto a voi. La santità dei posti assegnati da una signora è il fondamento del nostro impero!" L'uomo fece quell'annuncio a voce tanto alta da attirare occhiate sorprese dalle signore e dai gentiluomini nelle vicinanze. Persino Perdita lo stava fissando con aria preoccupata.

Vaughn si passò una mano sul viso sospirò. *Il fondamento dell'impero? Buon Dio.* La mortificazione pubblica nel bel mezzo di una cena natalizia poteva umiliare persino una canaglia inveterata come lui. Era tentato di trovare il pudding natalizio più vicino e ficcarci la testa per evitare le occhiate. L'anziano lo stava ancora guardando.

"Perché diavolo vorreste che ci scambiassimo il posto, giovanotto?"

Per poco Vaughn non si strozzò. *Giovanotto?* Non lo chiamavano così da anni. Non si *sentiva* tale da anni. Aveva ventisette anni; non era certo un ragazzino appena uscito da scuola. Si schiarì la voce.

"Speravo solo di avere una visuale migliore su una certa giovane." Maledizione, perché all'improvviso si sentiva così nervoso?

"Una giovane, eh?" L'anziano abbassò la voce e si avvicinò con fare complice. "All'inferno l'impero." Diede di gomito a Vaughn. "Alzatevi, ragazzo mio."

Vaughn lanciò un'occhiata alla signora Darby, in cerca della sua approvazione.

"Ve lo concedo," disse la signora Darby. Sorrise con l'aria di chi la sapeva lunga prima di mettersi a conversare con l'ospite all'altro suo fianco.

Vaughn si alzò velocemente e si scambiò di posto con l'anziano. Quando si sedette, lanciò un'occhiata a Perdita. La giovane si coprì la bocca con una mano, senza dubbio per nascondere un sorriso. Persino dalla lunga distanza che li separava, Vaughn riuscì a intravedere quella cara luce nei suoi occhi, che lo fece sentire... *leggero.* Sorrise, sentendosi un perfetto imbecille, ma stranamente, la cosa non gli dispiaceva. Prese il bicchiere di vino e bevve un sorso. Perdita arrossì e lui ridacchiò. Perfetto.

"È bello vedere due giovani innamorati," osservò l'anziano. "Tutti sembrano dare per scontato che, alla mia età, ci si dimentichi cosa vuol dire essere giovani. Fareste meglio a tenervela stretta, ragazzo mio." Il tono di voce dell'altro uomo si fece amareggiato ed egli si strattonò il fazzoletto.

"Oh, non sono innamorato. La conosco a malapena."

"Scemenze. L'amore non richiede che voi *conosciate* tutto di lei. A volte, fa parte del mistero. Soprattutto per gli uomini. Le donne avranno sempre i loro segreti, quella strana luce nei loro occhi, i sorrisi nascosti che ci spingono a chiederci cosa stiano pensando. La mia Arabella è un vero e proprio mistero, e siamo sposati da cinquant'anni." L'uomo accennò col capo a una donna matura seduta vicino a Perdita. La bellezza di costei non era sbiadita col tempo e Vaughn riusciva ancora a vedere l'attrazione che c'era tra i due.

Era tentato di dire che non era possibile amare qualcuno che non si conosceva, ma il signor Darby si alzò con un bicchiere in mano, attirando l'attenzione di tutti.

"Vi ringrazio per esservi uniti alla mia famiglia per Natale. È meraviglioso avere ospiti durante le feste. Avere la casa piena di gente mi scalda il cuore." Ai ringraziamenti seguì un mormorio di assenso da parte degli ospiti. "E questa sera, ho una splendida notizia. Sono lieto di informarvi che mia figlia Perdita e lord Darlington sono fidanzati. Vorrei proporre un brindisi: a lord Darlington e a mia figlia Perdita."

Gli ospiti fecero eco al brindisi e bevvero. Perdita sorseggiò il vino a testa bassa, ma era rossa in viso. Vaughn era tentato di fare lo stesso. Tutti, alla lunga tavolata, li fissarono mentre la notizia metteva radici. Un conto era essere invitato a Darby House per una festa, ma l'annuncio che Vaughn era il futuro sposo di Perdita avrebbe avuto un'eco nelle varie cerchie sociali. Lui se l'era aspettato, naturalmente; ci aveva persino fatto conto. Ma vederlo accadere di fronte ai suoi occhi, in una stanza piena di persone, era al tempo stesso imbarazzante e affascinante. Lui non sapeva esattamente cosa fare, per cui ricorse al proprio comportamento abituale e sfoderò un sorriso freddo a beneficio dei volti curiosi rivolti nella sua direzione.

"E infine, ricordo a tutti," disse Darby, schiarendosi la voce, "che domani sera ci sarà un ballo." Il secondo annuncio ebbe il considerevole effetto di distrarre le donne, che presero a mormorare gioiose per le danze imminenti. Molti dei giovani uomini presenti sorrisero con entusiasmo e la cena ebbe inizio.

Vaughn prestò scarsa attenzione a quasi tutto nel corso delle due ore che seguirono. Era concentrato su Perdita. Adorava guardarla. C'era qualcosa di incantevole nel modo in cui gli occhi di lei si illuminavano mentre parlava. Era una creatura vivace, ma non c'era nulla di simulato in lei, nessuna scipitezza frivola come quella che molte donne della sua età tendevano a mostrare. Perdita era al tempo stesso genuina e onesta. Le sue parole erano sempre sincere e scelte con cura.

Un gentiluomo accanto a lei la fece ridere e Vaughn sorrise a quel suono. Al sorriso seguì una fitta di gelosia. Voleva essere lui l'uomo che la faceva ridere in quel modo.

"Qualcuno non è felice della vostra conquista," mormorò l'anziano alla sua sinistra. Le sue parole distolsero l'attenzione di Vaughn da Perdita.

"Cosa volete dire?"

L'uomo annuì verso un posto più in là lungo il tavolo. "Quell'uomo là in fondo. Sembra molto contrariato. Mi chiedo se non abbiate rubato il suo tesoro."

Naturalmente, era Samuel Milburn quello che lo stava guardando storto, gli occhi neri colmi di rabbia, la bocca una linea sottile. Vaughn era stato così concentrato su Perdita da aver dimenticato la vera ragione della sua presenza: salvarla dal quel bastardo.

"A dire il vero, non l'ho rubata. L'ho salvata," rispose sinceramente Vaughn.

"Davvero?" L'anziano ridacchiò prima di bere un sorso di zuppa.

"Davvero," rispose Vaughn, ancora concentrato sul Milburn. Avrebbe fatto meglio a tenere d'occhio quell'uomo nei giorni a venire. Era il genere di persona pronta a cercare vendetta nel caso i suoi piani venissero sventati... il che significava che il ricatto che aveva minacciato avrebbe potuto essere ancora messo in gioco. Vaughn sperava solo che il signor Craig avesse fatto progressi al riguardo.

Trascorse il resto del pasto a dividere la propria attenzione tra i suoi compagni di cena. L'uomo alla sua sinistra, il signor Chatwin, era colui che gli aveva cortesemente ceduto il posto.

Dopo cena, le signore tornarono in salotto, mentre gli uomini si recarono nella sala da biliardo per il porto e i sigari. Vaughn non aveva voglia di giocare, né desiderava fumare o conversare con qualcuno. Badò a uscire furtivamente dalla stanza una volta che gli altri furono abbastanza distratti.

Una voce fredda interruppe la sua camminata lungo il corridoio. "So cosa state combinando." Vaughn si immobilizzò accanto al busto di marmo di una donna dall'aria nobile e si voltò per vedere Milburn chiudersi alle spalle la porta della sala da biliardo.

Si costrinse a rilassarsi, anche se tutti i muscoli del suo corpo erano pronti alla lotta. "Sarebbe, di grazia?"

"Voi e quella piccola stupida. Lei credeva di potermi battere in astuzia portandovi qui. Ma io non sono uno stolto. Sappiamo entrambi che voi non volete sposarla. Allora, che cosa vi ha offerto? Dividere il letto con lei non è certo sufficiente. Deve esserci dell'altro. Vi paga? Si prostituisce per i vostri servigi? Sapevo che eravate disperato, ma non riesco ancora a credere che siate un uomo tanto *patetico*." Milburn fece schioccare crudelmente la lingua. "Quanto è caduto in basso il nome di Darlington."

Le mani di Vaughn si chiusero a pugno ai suoi fianchi, ma sarebbe stato inutile sfondare il cranio a quell'uomo, anche se gli avrebbe dato una grande soddisfazione. Vaughn inalò lentamente per tranquillizzarsi.

"Voi vi sbagliate. Io la sposerò e non sono disperato. Anzi, a me sembra che siate *voi* quello disperato dei due. Siete in collera perché Perdita vi ha rifiutato? Magari non avreste dovuto spingere la vostra ultima amante fuori da una finestra. O forse è perché avete cercato di ricattarla. Questo tende a smorzare le inclinazioni romantiche di una signora nei confronti di un uomo. A differenza di voi, io non faccio del male alle donne."

"Oh, invece sì," ribatté Milburn, la voce bassa ma che risuonava chiara nel corridoio. "Sappiamo entrambi che razza d'individuo siete. Lei sa di cosa avete bisogno? Di come trovate il vostro piacere? Qualcuno dovrebbe mettere in guardia quella povera ragazza." Il suo ghigno di Milburn era così arrogante che Vaughn fece un passo avanti, pronto a menare le mani.

Milburn aprì la porta della sala da biliardo. Un paio di teste si voltarono nella loro direzione, i proprietari incuriositi da chi stava per entrare.

"Attento, Darlington. Non vorrei che vi buttassero fuori di casa per aver scatenato una rissa. Non rimarrebbe nessuno a consolare la signorina Darby. O, un momento, ci sarei *io*. Forza, sferrate un pugno."

Con un basso ringhio, Vaughn abbassò la mano chiusa e si costrinse a sorridere.

"Voi non meritate tanti sforzi. Se foste appena più al di sotto della mia attenzione, dovrei cercarvi sotto il tacco del mio stivale." Prima di permettere a Milburn di provocarlo ulteriormente, Vaughn salì al piano di sopra in camera sua.

L'attesa di mezzanotte sarebbe stata lunga. Avrebbe dovuto distrarsi dai pensieri che lo vedevano usare violenza a Milburn, immaginando invece quanto sarebbe stato piacevole trascorrere del tempo con Perdita sotto il ramoscello di vischio nell'alcova nascosta della biblioteca.

8

PERDITA ATTESE CHE LA SUA CAMERIERA PERSONALE stendesse la sua camicia da notte.

"Beth, ti arrabbieresti se ti chiamassi dopo mezzanotte per spogliarmi?"

Beth, una ragazza dolce dai capelli castano-rossicci, la guardò stupita.

"Signorina?" Beth non poneva mai domande dirette, ma Perdita sapeva che quello era il modo della sua cameriera di manifestare perplessità.

"Ricordi quello che ti ho detto di Milburn?" Perdita aveva confessato le sue paure alla domestica alcune settimane prima.

"Sì." Beth prese uno dei vestiti di Perdita e ne lisciò le grinze prima di riporlo nell'alto armadio.

"Beh, questa sera ho un incontro segreto con lord Darlington."

"Signorina..." Il tono di voce di Beth era colmo di rimprovero. La cameriera di Perdita era in grado di comunicare un messaggio molto lungo con una sola parola.

"So che non approvi, ma è l'unica possibilità che vedo

per sfuggire all'interesse di Milburn. Faremo in modo che lui ci veda, in qualche modo. Spero che questo lo dissuaderà."

Beth sbuffò in segno di disaccordo.

Perdita si mise le mani sui fianchi. "Cosa c'è?"

"Signorina, non c'è motivo per cui un uomo dovrebbe volere un incontro segreto con voi. A meno che non abbia in mente qualcosa di molto specifico."

"Beh, lui non mi *vuole*, non in quel senso. Gli uomini come Darlington sono molto bravi a interpretare il ruolo del seduttore, ma è tutto lì. Un'interpretazione. L'ho ripagato organizzandogli un incontro con lord Lennox, che si terrà dopo il primo dell'anno. È quello ciò che Darlington vuole."

La sua cameriera emise un altro suono contrariato. "Voi siete una delle donne più dolci e belle che io conosca, signorina. Quell'uomo dovrebbe essere cieco o stupido per non volervi, e a me sembra che ci veda benissimo. Vi chiedo solo di stare attenta. Tutto qui."

"Te lo prometto." Perdita sapeva che Vaughn aveva gradito i loro momenti in biblioteca e nel bosco, ma conosceva gli uomini come lui. Il visconte aveva certamente una gran quantità di donne − che sapevano cosa fare per compiacerlo − a sua disposizione, e lei non poteva certo essere abbastanza interessante per lui. Vaughn non aveva progetti per lei, questo era sicuro, non del genere che la sua cameriera temeva. Perdita era vergine e Vaughn aveva messo bene in chiaro, in occasione del loro primo incontro, che non seduceva le 'innocenti', come le aveva chiamate lui; e tuttavia, aveva detto che avrebbe potuto fare un'eccezione per lei.

"Vi aspetterò alzata," disse Beth, chiaramente poco convinta.

"Vai a letto. Se avrò bisogno di te, verrò a svegliarti."

La sua cameriera si accigliò. "Non dovreste essere voi a venire nei quartieri della servitù, signorina."

"Smettila di preoccuparti." Perdita la spinse fuori dalla porta. "Vai a letto, su."

Una volta che la sua servitrice se ne fu andata, lei aspettò nella sua stanza, cercando di far passare il tempo fino all'ora stabilita. Cercò di leggere un libro, ma non riusciva a concentrarsi. Alla fine, si incamminò verso la biblioteca dieci minuti prima di mezzanotte. Era nervosa ed eccitata, ma solo perché si stava recando al suo secondo incontro di mezzanotte, *non* perché fosse entusiasta di rivedere Vaughn.

Quando arrivò in biblioteca, entrò e cominciò a camminare avanti e indietro, tracciando con le pantofole solchi nel tappeto davanti al fuoco. Si voltò al suono della porta che si apriva, ma il suo sorriso entusiasta svanire rapidamente quando vide chi era arrivato.

"Finalmente, un momento da soli," disse Samuel Milburn.

Perdita aveva paura di muoversi. Paura di respirare. Tutto ciò a cui riusciva a pensare era che quell'uomo aveva gettato una donna fuori da una finestra e che lei avrebbe potuto fare la stessa, orribile fine.

Per un lungo istante, si limitarono a fissarsi a vicenda, come un gatto guardava un topolino paralizzato dalla paura. Poi lui si incamminò verso di lei. Perdita era combattuta tra il desiderio di darsi alla fuga e quello di mantenere la posizione. Era in casa sua, perdio. Chi poteva permettersi di minacciarla lì? E, a giudicare dallo sguardo cupo negli occhi dell'uomo, aveva la sensazione che fuggire non avrebbe fatto altro che peggiorare la situazione... e la situazione era già molto grave.

Il cuore le martellava nel petto, ma lei cercò di mantenere una facciata di calma.

"Darlington arriverà tra pochi istanti. Sarebbe saggio da parte vostra andarvene." Perdita fece due passi lenti e misurati per frapporre un'alta poltrona tra se stessa e Milburn. Lo scoppiettare del fuoco e il ticchettio del vecchio orologio sulla mensola di marmo sembravano stranamente rumorosi nel silenzio teso della stanza.

Milburn non indossava la giacca e fece mostra di arrotolarsi le maniche della camicia. Era un gesto intimidatorio, anche se Perdita non riusciva a spiegare il perché. Se Vaughn avesse fatto lo stesso, lei non si sarebbe sentita intimorita, ma eccitata.

"Quando avrà finito con voi, non gliene importerà più nulla. E di sicuro non vi *vorrà* mai più." Fu l'unico avvertimento. Milburn scattò verso di lei e Perdita, troppo terrorizzata per gridare, si limitò a reagire. Spinse la poltrona contro di lui. Essa non era pesante come sembrava e si rovesciò, colpendo l'uomo alle ginocchia. Milburn ricadde sulla poltrona, gridando con violenza.

Perdita sollevò le gonne e corse verso la porta. Ma qualcosa le afferrò una caviglia e lei cadde. Quando cercò di rialzarsi in piedi, fu trascinata di nuovo a terra. Il dolore esplose nella sua gamba destra. Scalciò d'istinto, più volte.

"Smettila, piccola ca—" L'insulto si trasformò in un grugnito di dolore quando il piede di Perdita colpì il viso di Milburn.

Aveva solo qualche prezioso istante di libertà, ma i palmi delle sue mani, inumiditi dal sudore, non riuscirono a fare presa sul pavimento di legno.

"*Aiuto!*" gridò; ma qualcosa di pesante si abbatté su di lei, schiacciandola a terra. L'aria fu espulsa dai suoi polmoni e una mano affondò nei suoi capelli, sollevandole la testa per poi sbattergliela a terra. La sua fronte colpì il pavimento di legno e l'impatto la stordì.

"Piccola cagna. Come *osi*," ringhiò Milburn, il cui corpo la inchiodava a terra. L'altra mano dell'uomo scivolò verso le sue gonne, sollevandole.

La testa di Perdita pulsava per il dolore. Lei non riusciva a respirare e non riusciva a muoversi.

La porta della biblioteca distava solo tre metri, ma avrebbero potuto essere dieci chilometri. La sua vista si velò per le lacrime quando l'orrore di ciò che stava accadendo si fece strada in lei. Affondò le unghie nel legno e il grattare divenne un sottofondo per il ringhio di Milburn mentre egli le sollevava più in alto le gonne e ansimava.

Lo scricchiolio della porta della biblioteca che si apriva non lo fermò, se anche egli se n'era accorto, ma Perdita sollevò la testa al suono, pregando che qualcuno, *chiunque*, vedesse.

"Aiuto–" Cercò di gridare di nuovo, ma aveva i polmoni schiacciati e la vista sempre più sfocata. Non riusciva a respirare.

Udii un ruggito distante, proveniente come da un pozzo sotto diversi strati di acqua, molto lontano. La pressione che le schiacciava il petto svanì e le sue orecchie si colmarono dei suoni duri e violenti di uomini che gridavano e di mobili che si rompevano.

Si trascinò verso una libreria, usandola come sostegno nel ripararsi proteggendosi la testa mentre annaspava con gli occhi chiusi. Quando i rumori terminarono e lei aprì gli occhi, vide Vaughn che stringeva la camicia di Milburn con una mano e scrollava il bastardo rosso in viso. Una volta assicuratosi che l'altro uomo avesse perso conoscenza, il visconte lo lasciò cadere a terra, quindi si voltò verso di lei. I suoi occhi erano duri come diamanti, il suo sguardo penetrante e ardente. Le sue nocche erano coperte di sangue.

Le labbra di Perdita tremarono e un singhiozzo le sfuggì. Lo sguardo di lui si ammorbidì. L'uomo corse da lei e la sollevò tra le braccia. "Mia cara, mia cara." Vaughn tuffò il viso tra i suoi capelli mentre la trasportava fuori dalla stanza. Il visconte percorse rapidamente il corridoio e salì le scale. "Qual è la vostra stanza?" chiese.

"L'ultima sulla sinistra." Perdita nascose il viso contro la gola dell'uomo, il corpo che ancora tremava. Lui la portò nella sua camera da letto e la posò sul letto, quindi le sfiorò il viso, sollevandolo in modo da poterla guardare negli occhi. La rabbia era ricomparsa.

"Devo occuparmi di una faccenda. Vado subito a prendere la vostra cameriera."

"No!" esclamò ansimando Perdita. "Voglio dire, per favore, non svegliatela. Non farebbe che preoccuparsi e fare domande a cui io non sono pronta a rispondere."

"Siete sicura?" Vaughn esitò sulla soglia. "Posso lasciarvi sola per qualche minuto?"

Perdita annuì. Non voleva che Beth fosse testimone della sua vergogna e della sua umiliazione. Voleva solo Vaughn. Lui la faceva sentire al sicuro.

"Ottimo. Tornerò tra poco."

L'uomo le diede un bacio sulla fronte e se ne andò.

Perdita si sedette sul bordo del letto e abbassò lo sguardo. Aveva perso una scarpa, il suo vestito era lacerato in diversi punti e la fronte le pulsava. Tese la caviglia e piagnucolò quando avvertì una intensa fitta di dolore. Poco dopo, la porta si aprì ed entrò suo padre, seguito da Vaughn.

"Perdy?" Suo padre accorse al suo fianco e la abbracciò. Dopo essersi assicurato che lei non fosse in pericolo immediato, rivolse un cenno del capo a Vaughn. "Venite. Risolveremo subito questa faccenda."

Perdita non sapeva di cosa stessero parlando i due ed era troppo sconvolta per chiederlo.

La lasciarono di nuovo sola. Quando tornarono, erano accompagnati da sua madre e tanto gli stivali di Vaughn quanto quelli di suo padre erano coperti di neve fresca.

"Papà..." mormorò Perdita.

"Sei al sicuro, adesso," ringhiò suo padre. Perdita esalò il fiato, travolta dal sollievo, ma esso non alleviò la sua umiliazione o il suo dolore. Sua madre venne da lei, abbracciandola vigorosamente; la vista della furia e della paura nei suoi occhi colmò Perdita di senso di colpa.

Ma poi, lei ripensò alle minacce di Milburn. Buttandolo fuori da casa, Vaughn e suo padre gli avevano dato la scusa di cui aveva bisogno per mettere in atto le sue minacce. Presto, suo padre sarebbe stato denunciato per un crimine di cui Perdita era sicura fosse innocente. Si coprì lo stomaco con una mano mentre veniva colta da un'ondata di nausea.

"Perdy, cara, stai bene?" volle sapere sua madre. Poi si voltò di scatto verso Vaughn. "Cosa le è successo? Cosa le avete fatto?"

"Mamma, ti prego!" gemette Perdita. "Lui mi ha salvata da Milburn."

"Cosa? Milburn? Ma non è possibile."

"Temo di sì," disse il padre di Perdita. "Darlington e io abbiamo appena buttato quel bastardo in mezzo alla neve."

"Tutto qui?" La madre di Perdita alzò la voce. "Reginald, devi andare a cercare quell'uomo e spargli. Hai capito?"

"Per quanto io adori la tua sete di vendetta, mia cara,

non possiamo sparare a un uomo nella schiena. Nemmeno il magistrato locale lo consentirebbe."

"Allora sparagli nel petto! E che vada al diavolo il magistrato locale!" ruggì come un lupo protettivo la madre di Perdita.

"Darby, vostra figlia ha bisogno di un medico. Potete mandare un ragazzo al villaggio? Andrei io stesso, ma non voglio lasciarla qui da sola." Vaughn si avvicinò al letto e sfiorò con delicatezza una guancia di Perdita, cercando di rivolgerle un sorriso rassicurante, che tuttavia vacillò.

"Perdita." Per qualche motivo quella tenerezza, la *sua* tenerezza, infranse l'ultimo briciolo di forza che le aveva consentito di mantenere la calma. Perdita scoppiò a piangere, si allontanò da sua madre e tese le braccia verso Vaughn, che la circondò con le sue, dapprima delicatamente, prima di stringere la presa. Il calore del suo petto e il suo profumo cupo mascolino, mescolato a una nota di gelo invernale rimasta appiccicata ai suoi vestiti, la rilassò.

Perdita sapeva che i suoi genitori stavano parlando, ma non voleva affrontarli. Non ancora. "Vaughn, convinceteli ad andare a letto, per favore. Non voglio che rimangano svegli a preoccuparsi. Ho bisogno di restare da sola."

Vaughn si schiarì la voce. "Capisco, tesoro mio." La lasciò andare e raggiunse i suoi ansiosi genitori. Perdita si voltò e si sdraiò sul letto, il volto nascosto tra le coperte.

"Lasciarla da sola? Con voi? Assolutamente no!" sibilò la madre di Perdita, raggiungendola accanto al letto in modo che lei non potesse evitare il suo sguardo.

"Mamma, voglio restare da sola. Ma mi sentirei più al sicuro se lord Darlington restasse con me."

"Ma..." Sua madre cercò a tentoni le parole. "Abbiamo ospiti. Non è..."

Perdita si mise seduta e afferrò le mani di sua madre.

"Ora come ora, non mi importa nulla dello scandalo. Lui mi ha salvata da un uomo che merita molto peggio da parte degli altri. Che essi agitino la lingua parlando delle azioni di Milburn, non di quelle di Vaughn."

Il labbro di sua madre tremò ed ella fissò Perdita per un lungo istante prima di annuire. "D'accordo. Dopotutto, siete fidanzati..." Quindi, si rivolse a Vaughn. "Se doveste fare qualcosa, qualunque cosa..." La furia lampeggiò negli occhi della madre di Perdita.

"Non farò nulla." Il tono di voce di Vaughn era assolutamente serio. Perdita tornò a sdraiarsi e chiuse gli occhi, desiderando che l'umiliazione e la sofferenza che provava in quel momento cessassero.

Sentì la porta chiudersi. Le candele vicino al letto vennero spente, tutti tranne una, che rimase accesa vicino al suo lato del letto.

"Se ne sono andati. Se, in qualunque momento, doveste decidere che desiderate il loro ritorno, andrò subito a chiamarli. Quando arriverà il medico, loro lo accompagneranno qui, e voi gli mostrerete le vostre ferite. Insisto." La voce di Vaughn era più salda, ora. Il suo naturale tono autorevole era un conforto. Ma Perdita temeva la sua tenerezza, temeva che essa fosse generata dalla compassione e non dall'affetto.

Le lacrime che le coprivano le guance si asciugavano, facendole il solletico. Affetto? Voleva l'affetto di Vaughn? Da quando aveva cominciato a preoccuparsi di quello?

"Perdita?" Lei ebbe un sussulto quando il visconte le toccò la spalla. L'uomo allontanò la mano e lei ne sentì subito la mancanza.

Perdita tirò su col naso. "Vaughn, vi prego, non allontanatevi. Sono ancora piuttosto suscettibile, dopo..." Non riuscì ad affrontare l'orrore di quello che era quasi accaduto. Vaughn rimase in piedi accanto al letto, gli occhi che brillavano e i capelli che ricadevano di fronte a essi. Le sue mani erano ancora insanguinate e lei si rese conto che la pelle era lacerata in diversi punti.

Perdita si mise seduta e allungò le mani verso quelle dell'uomo, afferrandole prima che egli potesse allontanarsi. "Siete ferito."

"È solo qualche graffio." Vaughn allontanò le mani dalle sue e si recò al catino, immergendo le mani nell'acqua.

"Dannazione, è freddissima," borbottò, asciugandosi poi le mani sulla salvietta accanto al catino. Quando si voltò di nuovo verso Perdita, la sua espressione cupa le serrò lo stomaco in nodi d'ansia.

"Quello che è successo stasera con Milburn..." Il visconte fece una pausa e lei si rese conto di sapere, con spaventosa certezza, quello che lui stava per dire. Per cui, decise di batterlo sul tempo.

"Capisco. Milburn non può certo pensare di ottenere la mia mano, ora. Voi avete fatto più di quanto vi avevo chiesto. Siete libero di tornare a Londra. Dirò a mio padre di annunciare la rottura del fidanzamento domani."

Vaughn inarcò un sopracciglio. "Non è quello che volevo dire." Fece un passo avanti, quindi si fermò, come se credesse di essersi avvicinato troppo.

"No?" Una speranza sciocca invase Perdita. L'accordo era terminato e Vaughn non aveva alcun motivo di restare, anche se lei voleva che lo facesse.

"Volevo dire che, considerato quello che è accaduto, credo sia meglio andare fino in fondo." L'uomo abbassò lo sguardo sui propri stivali, la voce stranamente silenziosa. "Ho portato con me una licenza speciale."

Perdita non era sicura di cosa Vaughn volesse dire, e la testa le doleva profondamente. "Vaughn, per favore, esprimetevi con chiarezza." Si toccò la fronte. Il punto in cui l'aveva sbattuta contro il pavimento era ancora dolorante.

"Dobbiamo sposarci. Il prima possibile. A Natale, magari? Questo vi lascerebbe domani, la Vigilia, per preparare una piccola cerimonia alla chiesa locale."

Perdita rimase senza parole. Il matrimonio? Vaughn diceva sul serio? Lei stessa aveva appena confessato interiormente che lui le piaceva.

"So che è improvviso e inaspettato, ma credo che sia una buona soluzione. Milburn non si fermerà fino a quando voi non sarete protetta a dovere in quanto moglie di un pari. Solo allora sarete al sicuro. Temo, tuttavia, che questo non gli impedirà di utilizzare le sue presunte prove contro vostro padre, ma noi affronteremo insieme lo scandalo. Non sarebbe la prima volta, per me." Eccolo lì, l'unico motivo per cui Vaughn aveva proposto un matrimonio affrettato: la sicurezza di Perdita. Non amore o infatuazione, ma un semplice desiderio di proteggerla.

Alcune donne avrebbero trovato un tale gesto abbastanza cavalleresco da spingerle a dire di sì, ma non lei. Ogni volta che Perdita aveva pensato al matrimonio, lo aveva sempre fatto con un'idea in mente: sposarsi per amore. Un amore grande, divorante, appassionato, il cui fuoco avrebbe rivaleggiato persino con le stelle.

"Posso dire ai vostri genitori che avete accettato?" chiese Vaughn.

Il silenzio nella stanza crebbe fino a quando, ancora una volta, Perdita non riuscì più a respirare.

"No."

Vaughn la fissò, lo sguardo indecifrabile, prima di lasciarsi andare a una risatina sarcastica.

"Il fatto che io abbia rifiutato vi diverte?" Perdita tirò

su col naso, le lacrime che le bruciavano negli occhi. Non avrebbe pianto – *non avrebbe pianto*.

"Credo di sì. Forse perché mi ero illuso che voi covaste del *tendre* per me. Ma non è così, vero?"

"Io..." Perdita teneva *davvero* a Vaughn, ma non era per questo che lo aveva respinto. Era perché *lui* non teneva a lei, non nel modo in cui Perdita avrebbe voluto. La sua esitazione illuminò gli occhi di Vaughn di un fuoco soffuso che la lasciò senza fiato.

"Dunque, vi importa di me. Che strano. Di grazia, cos'è che vi trattiene, allora?" L'uomo si sedette lentamente sul letto accanto a lei. Aveva un aspetto così invitante, così affascinante in quel momento, coi capelli arruffati e senza la giacca. Perdita non desiderava altro che arrampicarsi sul suo grembo, coprirgli il volto di baci e dimenticare il mondo fuori dalla stanza. Ma non poteva; a Vaughn non importava di lei.

"Perdita, tra di noi possiamo essere onesti, vero?" chiese Vaughn prima di appoggiarle delicatamente una mano sotto il mento e voltarle il viso verso il suo. Una lacrima le scorse lungo la guancia. Vaughn prese con tenerezza tra le dita quella goccia di umidità, come se essa fosse stata la rugiada dal petalo di un fiore.

"Voi non... voi non mi amate. Lo capisco. Il nostro era un accordo mirato a risolvere entrambi i nostri problemi. Ma voi esagerate. Io non potrei mai sposare un uomo che non mi ami. Che non mi ami follemente. Che non mi ami assolutamente. Merito un grande amore. E anche voi lo meritate. Non possiamo sposarci semplicemente per proteggere me da Milburn. Non è una ragione sufficiente."

Vaughn le accarezzò una guancia col pollice, gli occhi un paio di zaffiri scuri.

"Non so se sono capace di amare, ma tengo a voi più di

quanto abbia mai tenuto a qualunque donna. E non lo dico tanto per parlare. Quando sono con voi, il mondo sembra più nitido, più limpido." L'uomo pareva in difficoltà a scegliere le parole giuste. "È come se avessi vissuto in un sogno irrequieto e nebuloso. Quando vi ho baciata per la prima volta, a Londra, mi sono svegliato come se un campanello fosse suonato vicino alle mie orecchie. Tutto sembra più concreto, più vero, quando sono con voi." Vaughn chiuse gli occhi e scosse la testa. Quindi, si chinò in avanti e premette la fronte contro quella di Perdita, tenendole il viso tra le mani.

"Non so *come* si ami, se devo essere onesto. Ma non voglio interrompere quello che stiamo facendo. Per voi è sempre stata una sciarada, ma non per me. Ho *sempre* voluto sposarvi."

Perdita lo fissò, allontanando il viso da quello di lui, ma solo per vedere meglio la sua espressione. "Come?"

"Sì. La notte in cui siete venuta a casa mia, ho deciso che volevo sposarvi."

"Ma..." Come poteva Vaughn aver preso quella decisione allora? Non le sembrava possibile.

"Correte il rischio con me," disse Vaughn. "Dite che mi sposerete. Abbiamo bisogno solo del vicario in chiesa e di un abito da sposa per voi. Il mio è già pronto. Temo che sia un po' datato; non potevo permettermi un completo nuovo." L'uomo arrossì in viso nel fare quell'ammissione.

Il cuore di Perdita riprese a correre all'impazzata. Poteva farlo? Sposare Vaughn, nella speranza che egli avrebbe *potuto* un giorno amarla?

"Rispondete a una domanda."

"Chiedete pure." Vaughn continuò ad accarezzarle la guancia, un gesto dolce e rilassante. Era molto diverso dal freddo libertino che lei aveva creduto fosse. Magari, un giorno, sarebbe riuscito a sorprenderla con l'amore. Le faceva venire voglia di credere che tutto fosse possibile.

Lo guardò con attenzione. "*Perché* tenete a me? Cosa mi rende diversa da qualunque altra giovane ereditiera che potreste sposare per saldare i vostri debiti?"

Vaughn non si allontanò, ma nemmeno rispose immediatamente. Perdita scrutò i suoi occhi in cerca di eventuali segni di doppiezza, ma vide solo un barlume di speranza. "Ho avuto numerose occasioni di sposare altre donne. Persino una reputazione come la mia non spaventa le madri più determinate con delle figlie in età da marito, o coloro che cercano di legarsi a un titolo. Ma non ho accettato la vostra offerta di un fidanzamento simulato per ottenere la vostra fortuna. Se ben ricordate, io vi ho chiesto di presentarmi Lennox in modo che potessi crearmela da solo, una fortuna."

Perdita annuì. Non poteva dimenticare quella verità, né tantomeno ignorarla.

"Quello mi sarebbe bastato. Ma sono affascinato da voi da quando vi ho conosciuta alla festa in giardino a settembre. Mi avevate dato l'impressione di essere una persona intelligente e, quando ho scoperto che scrivete articoli di astronomia, beh..."

"Lo sapete?" Il cuore le balzò in gola.

"Certo che lo so. La grafia della bozza che mi avete mostrato era molto femminile, ma ho il sospetto che l'avreste modificata una volta ritenuto che l'articolo fosse pronto per essere spedito. Adoro il fatto che scriviate, che pensiate, che andiate oltre al ruolo che la società ha deciso per voi. Avete idea di quanto ciò sia rinfrancante in una donna? È una parte di voi che adoro."

"Mi ordinereste di smettere se ci sposassimo?" chiese a

bassa voce Perdita, la speranza e la paura che si facevano la guerra dentro di lei.

"Smettere? Santo cielo, no. Vi incoraggerei. Non ho mai voluto una vita normale, figuriamoci una moglie normale. Voglio una donna che non abbia paura dei guai, che violi le convenzioni, che sia contenta quando le dico di fare la brava a letto e che si fidi di me perché io le insegni la passione. Voi siete sempre stata la mia risposta, Perdita. Non capite? Non potrei sposare nessun'altra, se non *voi*."

Poi lui le sorrise, quel sorriso sbarazzino che lei aveva visto nei boschi, quello che le serrava il petto e le faceva girare la testa.

"Promettete che il nostro matrimonio non sarebbe una trappola per noi? Non posso accettare una gabbia dorata."

"Nemmeno io. Se c'è una cosa di cui sono certo è che sposarvi sarebbe entusiasmante." Vaughn abbassò lo sguardo sulle labbra di Perdita, continuando a sorridere. "Cosa dite?" chiese. "Volete dare una possibilità a questa canaglia? Giuro che sarò un marito eccellente una volta riformato, e accetterò volentieri la sfida."

Perdita tirò su col naso e sorrise timidamente. "Questa è una follia, ma forse, per una volta, dovrei abbracciarla. Accetto." Si sporse in avanti nello stesso istante in cui lo fece lui e si baciarono. Fu un bacio delicato, che arse lentamente e a fuoco basso, nonostante il tenero accarezzarsi delle labbra e il contatto timido delle mani sulla pelle.

Quando, finalmente, si separarono, Vaughn le toccò cautamente la fronte con le sue lunghe dita eleganti, accigliandosi.

"Avrei voluto uccidere quell'uomo per quello che vi ha fatto. Avrei voluto torcergli quel suo maledetto collo. Ho avuto tanta paura..."

"Anch'io, ma quando vi ho visto entrare dalla porta, mi

sono resa conto che mi avreste salvato." Perdita salì in grembo a Vaughn e lui la circondò con le braccia, stringendola a sé.

"Non voglio che voi abbiate mai la sensazione di dover essere salvata. Ma giuro di proteggervi e di rimanervi sempre accanto, tesoro mio." Quella promessa pronunciata a bassa voce le fece palpitare il cuore all'impazzata. Perché il Demonio di Londra pronunciasse parole simili doveva trattarsi di un incantesimo nato dalla magia, la magia dell'amore che lei sperava di vivere... un giorno.

In quel momento, il dottore bussò alla porta. Vaughn posò con riluttanza Perdita sul letto. Lei avvertì la sua esitazione nel lasciarla andare. Essa la scaldò dappertutto.

"Avanti," chiamò.

Il dottor Williams era un uomo di mezza età con una borsa nera e il cappotto spolverato di neve. Alle sue spalle c'erano i genitori di Perdita, entrambi con un'aria ansiosa.

"Potreste aspettare tutti fuori, per favore?" chiese il medico. "Anche voi, ragazzo mio."

Vaughn non si allontanò dal letto fino a quando Perdita non gli rivolse un cenno del capo. Poi raggiunse i genitori di lei fuori dalla stanza e il medico posò la borsa sul tavolo accanto al letto.

"Eccoci qua. Per prima cosa, signorina Darby, diamo un'occhiata alla vostra testa."

❧ 9 ❧

VAUGHN STAVA TRACCIANDO UN SOLCO NEL TAPPETO persiano che copriva il pavimento del corridoio, a malapena consapevole del fatto che i genitori di Perdita lo stavano osservando con grande attenzione. Alla sua destra e alla sua sinistra, ritratti di amanti felici sembravano prenderlo in giro con la loro innocenza.

Il signor Darby fissò su di lui uno sguardo formidabile. "Darlington, ho la sensazione che quanto è accaduto stasera non si limiti all'approccio improvviso di Milburn nei confronti di mia figlia. Credo che voi sappiate ciò che sta succedendo e farete meglio dirmelo."

Vaughn trasse un respiro profondo. Smise di camminare. Appena oltre i genitori di Perdita, Vaughn vedeva i pesanti tendaggi tirati sulle finestre per tenere lontano il freddo. Li fissò per un lungo istante, mettendo a fuoco i pensieri prima di parlare.

"Cosa sapete esattamente di Samuel Milburn, voi due?"

"Oh, non molto," disse la madre di Perdita, aggrottando le sopracciglia. È molto abbiente e il *ton* sembra vederlo di buon occhio. Le rubriche di società lo descrivono come uno scapolo generoso e appetibile. Non avevo motivo di credere che fosse..." La donna non proseguì, ma i suoi occhi si velarono di lacrime.

"Ammetto di non aver indagato a fondo," disse il padre di Perdita. "Mi ero detto che, se Perdita avesse espresso interesse nei suoi confronti, avrei cominciato a fare delle domande." All'improvviso, Darby impallidì. "Mia figlia mi aveva accennato a... Mio Dio, aveva detto qualcosa riguardo alla crudeltà di quell'uomo, ma io non l'ho ascoltata."

Vaughn incrociò le braccia. "Lasciate che vi dica che razza d'uomo è, allora. Milburn è una bestia e un codardo. Ha ucciso una delle sue amanti, anche se nessuno può dimostrare che non sia stato un incidente. Ma lui stesso se n'è vantato mentre giocava d'azzardo nelle bische. Ama fare del male alle donne, costringerle a sottomettersi al suo volere, piegarle in modi di cui non intendo parlare. È questo che ha cercato di fare questa notte con vostra figlia. E stava cercando di costringerla a sposarlo minacciando voi."

"Me?" Il signor Darby aveva l'aria di chi credeva che un assassino potesse apparire dal nulla in qualunque momento.

"Sostiene di essere in possesso di documenti che dimostrerebbero che siete coinvolto nell'importazione illegale di alcune merci e ha minacciato di consegnare tali prove al magistrato locale."

La signora Darby si coprì la bocca e impallidì. Il padre di Perdita le circondò le spalle con un braccio.

"Respira, Minerva. Respira." L'uomo diede una pacca sulla spalla della moglie, mantenendo una presa salda su di lei mentre incrociava lo sguardo di Vaughn. "È una baggia-

nata fatta e finita. Io non ho mai praticato il..." Darby
faticò a proseguire.

Vaughn annuì. "Vi credo. Siamo convinti che Milburn
sia complice dei vostri soci in affari e che stia cercando di
fare in modo che voi veniate incolpato delle loro azioni ille-
gali. Perdita temeva Milburn e le prove in suo possesso al
punto da essersi recata alla mia dimora londinese e avermi
chiesto di intraprendere un falso fidanzamento con lei.
Come forse già sapete, io ho una reputazione poco linda in
certi ambienti. Vostra figlia sperava che, fidanzandosi con
me, avrebbe spaventato Milburn, convincendolo a desi-
stere. Sfortunatamente, la nostra sciarada non ha fatto che
far infuriare quel bastardo al punto da spingerlo ad aggre-
dire Perdita. Nella sua mente perversa, lui la possedeva già."

Né il signore né la signora Darby parlarono per diversi
istanti.

"Ma... state dicendo che *non* sposerete mia figlia?"
chiese infine la signora Darby.

"Al contrario. Tra di noi è nato un affetto sincero e
Perdita ha accettato di proseguire col matrimonio senza
alcuna simulazione. Milburn non oserà prenderla di mira
se ci sarò io a proteggerla."

"Ma perché vuole farle del male? Continuo a non capire," disse la signora Darby. "Perché non si è limitato a
ricattare direttamente mio marito? Noi abbiamo molto
denaro. Milburn avrebbe potuto chiedere un pagamento.
Perché prendersela con nostra figlia?"

"Già, perché? È per questo che sono convinto che le
prove siano false. Voi non paghereste certo un uomo per
aver costruito una menzogna."

A quelle parole, il signor Darby annuì. "Non gli darei
nemmeno mezzo penny per una cosa del genere."

"Ma come avrebbe potuto vostra figlia chiedervi se un'accusa tanto scandalosa fosse fondata o meno? E se voi aveste negato e lei avesse avuto dei dubbi? È su questa paura che ha fatto leva Milburn. A volte, il pensiero di un atto indegno può essere più potente della prova."

Darby scambiò un'occhiata eloquente con Vaughn prima che lui continuasse.

"Ma non è tutto qui. Avete presente il genere d'uomo che compra un cavallo vivace perché gli piace l'idea di domarlo? Perché trae piacere nel distruggere il suo spirito e rovinarlo fino a farne una povera bestia spaurita?"

La signora Darby annuì. Tutti conoscevano quel genere d'uomo, un uomo disposto a prendere a calci un cucciolo indifeso o a schiaffeggiare una donna per aver osato sollevare lo sguardo su di lui. La crudeltà era lo scudo di molti vigliacchi.

"Milburn è un uomo del genere?" chiese la donna a Vaughn. "Ha visto lo spirito e il fuoco di mia figlia e ha voluto schiacciarli?"

Vaughn sospirò e annuì. "Se riusciremo a salvare Perdita da lui, tutto ciò di cui dovremmo preoccuparci saranno le presunte prove di Milburn. Anche se sono fasulle, egli potrebbe comunque voler danneggiare il vostro buon nome."

Darby serrò le mani a pugno. "A quello possiamo fare fronte noi. Non sono sciocco come mi ritengono i miei soci in affari."

"E voi, lord Darlington?" chiese la signora Darby. "Siete il genere d'uomo che farebbe del male a una donna come mia figlia?"

"Preferirei togliermi la vita. Sono stati il fuoco e lo spirito di Perdita ad attirarmi verso di lei. Mi sento vivo come non mi sentivo da anni. Sarebbe un onore prendere una donna del genere come mia sposa. È per questo che mi sono offerto di sposarla. Ed è per questo che lei ha accettato. Vorremmo sposarci il giorno di Natale. Mi sono già procurato la licenza speciale e speravo che voi due aveste potuto aiutarci a organizzare la cerimonia." Un forte nervosismo si fece largo in Vaughn mentre attendeva di vedere come avrebbero reagito i genitori di Perdita.

La signora Darby balbettò: "Ma... ma Natale è dopodomani."

"È così, ma non vedo motivi per perdere tempo, anzi."

Il signore e la signora Darby si guardarono.

"Non ci avete dato... *motivo* di affrettare le cose, vero?" chiese Darby.

Vaughn scosse la testa. "Le mie preoccupazioni riguardano solo Milburn. Non ci siamo spinti, nelle nostre passioni, fino al punto in cui dobbiate preoccuparvi." Vaughn fece quell'ammissione schiettamente, con un piccolo sorriso sulle labbra. "Sembrerebbe che Perdita risvegli il gentiluomo che è in me."

"Ottimo. Altrimenti, avrei potuto buttare fuori anche voi," rispose il padre di Perdita.

La porta della camera da letto si aprì. Ne uscì il medico, che richiuse la borsa. Le fibbie d'argento scattarono e l'uomo si rivolse verso il gruppetto, il viso segnato dalla preoccupazione.

"Come sta, Henry?" chiese il signor Darby.

"È un po' scossa. La sua emicrania era molto forte. Le ho dato un po' di sonnifero e le ho fasciato la caviglia per evitare che si distorca di nuovo. Non vuole dormire da sola, ed è ancora in ansia. Mi hanno detto che è stata aggredita."

"Sì," disse Darby. "Il gentiluomo colpevole di quel gesto è stato cacciato da questa casa."

"Ottimo. Lei non mi ha detto se..." Il medico arrossì. "Fino a che punto è arrivata l'aggressione."

Vaughn capì il sottinteso. "Ho fermato quell'uomo prima che egli potesse ferirla in tal senso."

Le spalle del dottore si piegarono dal sollievo. "Ottimo. Voi siete lord Darlington, giusto?" Vaughn annuì. "Lei desidera rivedervi. Le ho chiesto se desidera mandare a chiamare la sua cameriera, ma lei ha rifiutato. Vuole solo lord Darlington."

"Grazie." Vaughn oltrepassò il medico per entrare nella stanza di Perdita, ma si fermò sulla soglia, fissando il padre di lei.

"Trascorrerò la notte con lei. Giuro sul mio onore che le mie intenzioni sono pure."

Darby lo fissò e annuì. "Molto bene." Quindi, l'uomo tese la mano al medico. "Lasciate che vi faccia preparare una stanza al piano di sopra, a meno che non vogliate tornare subito a casa."

"Grazie. Credo che trascorrerò la notte qui." Il medico seguì il padre di Perdita lungo il corridoio. Solo la madre di Perdita rimase.

"Ditemi che la amerete," disse vigorosamente. "Dopo aver sentito ciò che sarebbe potuto accadere a mia figlia, ho bisogno di sentirmelo dire."

"Signora, io non sono mai stato innamorato," rispose solennemente Vaughn. "Ma se è mai esistita una persona degna del mio cuore, si tratta di Perdita. Anche se dubito di essere degno di lei."

Per un attimo, Vaughn vide chiaramente Perdita nel viso della madre. Aveva davvero pensato che quella fosse una donnetta sciocca? Ora la vedeva come la vedevano sua figlia e suo marito. Una madre affettuosa, una moglie innamorata, una donna che voleva il meglio per la propria figlia.

"Non è esattamente la risposta che volevc udire."

"Lo so," rispose Vaughn con un sorriso tenero. "Ma voi meritate la verità."

"Credete davvero che vi permetterò di entrare nella stanza dove c'è mia figlia e trascorrere la notte con lei dopo aver ammesso che non la amate?" chiese la donna in tono di sfida.

Vaughn si fermò con la mano sulla maniglia. "Ammetto di non provare amore. Questo non significa che non provi nulla. Sono affezionato a Perdita, al punto che giurerei di proteggerla anche se il suo cuore appartenesse a un altro. È spaventata e si vergogna di quello che le è accaduto. Teme che Milburn tornerà a cercarla. Ho visto donne nelle sue condizioni. Hanno paura persino della loro ombra. Anche se voi rimaneste con lei e chiudeste la porta a chiave, non si sentirebbe davverc al sicuro. Io, d'altro canto, rimarrò seduto su una sedia con una pistola puntata verso la porta per tutta la notte, nel caso sia necessario."

La signora Darby lo osservò duramente, ma alla fine si arrese. "Molto bene. Ma se doveste farle del male..."

"Sì, lo so. Vostro marito ha menzionato in più di un'occasione l'idea di seppellirmi dove nessuno mi troverà." Vaughn le rivolse un sorriso sarcastico prima di entrare nella stanza e chiudersi la porta alle spalle.

Avrebbe voluto poter dire di amare Perdita, ma non sapeva ancora cosa volesse dire essere innamorato. Aveva amato suo fratello Edward. L'amore per un fratello era un amore fortissimo, un amore che aveva spigoli duri e una certa ruvidezza. L'amore per una donna era... beh, doveva essere per forza diverso. Vaughn percepiva quella verità nelle ossa. Quel che provava non era desiderio e non era amicizia. Che cos'era?

Io voglio amarla. Desidero tanto quello che Gareth e Ambrose hanno trovato con le loro mogli.

Ma la verità era che temeva che il suo cuore fosse così indurito dalla vita che aveva vissuto da non essere in grado di ammorbidirsi quanto bastava per aprirsi a un'altra anima.

Osservò la stanza di Perdita prima di voltarsi verso di lei. In precedenza, si era concentrato troppo sulla giovane per notare qualunque altra cosa.

Un telescopio era posato vicino a una portafinestra che dava sul balcone. La sua piccola scienziata segreta coi suoi attrezzi. Una mezza dozzina di cuscini era appoggiata sul letto o sulle sedie e, osservandone uno più da vicino, Vaughn notò che il ricamo mostrava forme familiari. Costellazioni. I ricami non erano assolutamente perfetti e Vaughn aveva il sospetto che il tempo di Perdita fosse meglio speso a scrivere saggi che a esercitarsi con ago e filo. Invece di un delicato scrittoio, la giovane possedeva una grossa scrivania coperta di mappe astrologiche e scritti.

Perdita giaceva sul letto, gli occhi semiaperti, ancora velati dal sonnifero che le aveva dato il medico. Attorno a lei, il baldacchino di morbido broccato di seta rosa decorato a tralci la faceva sembrare una principessa mezza addormentata.

"Vaughn, rimarrete con me, vero? Ho paura anche delle ombre."

Vaughn raggiunse il letto e le scostò i capelli dalla guancia. "Rimarrò. È meglio cambiarci. Riuscite a sedervi?"

Perdita si mise faticosamente seduta e lui si inginocchiò ai suoi piedi e le tolse la scarpa che le era rimasta. Quindi fece scivolare le mani su per le sue gonne, togliendole le calze. Lei gli appoggiò le mani sulle spalle per mantenere l'equilibrio quando si alzò. Vaughn le accarezzò delicatamente le gambe, quindi la fece voltare verso il baldacchino. Perdita obbedì senza esitazione mentre lui le slacciava i bottoni sul retro dell'abito. Poi, il vestito cadde a terra. Perdita allora si abbassò la sottogonna, rivelando dei fianchi perfetti e un posteriore rotondo.

"Abbiamo quasi finito," promise Vaughn, osservando il corsetto di Perdita. Badò a slacciarlo delicatamente e a non tirare troppo forte, per non farle perdere il fiato. Anche il corsetto cadde a terra. La giovane si allontanò dagli indumenti; le restava addosso solo una larga sottoveste che le arrivava alle ginocchia. Vaughn scostò il tendaggio e la invitò a mettersi sotto le coperte. Perdita sospirò e si accoccolò contro il cuscino, i capelli che ricadevano sciolti su di esso. Lui le tolse le forcine dai capelli una alla volta, per poi massaggiarle delicatamente lo scalpo per assicurarsi che non fosse rimasta nessuna.

La donna sospirò. "Per essere il Demonio di Londra, vi siete rivelato un vero e proprio angelo."

"Davvero?" chiese lui. Il Demonio di Londra. Quel soprannome lo aveva sempre divertito. Preso atto delle sue abitudini a letto e della sua reputazione al tavolo da gioco, il *ton* gli aveva assegnato quello sfortunato nomignolo.

"Sì." Perdita allungò una mano per afferrargli il braccio e attirarlo nel letto. "Sdraiatevi accanto a me."

Era un ordine. Vaughn incrociò lo sguardo della giovane e, sebbene quello di Perdita fosse tenero e un po' sfasato a causa del sonnifero, vide in esso la determinazione di ottenere ciò che voleva.

Non intendeva ignorarlo. Si tolse gli stivali e si mise a letto dietro di lei. Le circondò la vita con un braccio, attirandola a sé.

"Non vi faccio paura? Dovreste aver paura di tutti gli

uomini, dopo quello che è successo." Vaughn non sapeva con certezza perché avesse posto quella domanda, sapendo che la risposta avrebbe potuto essere devastante.

Perdita tacque, respirando lentamente. Non aveva paura di lui. "Non tutti gli uomini sono uguali. E non tutti gli uomini mi hanno salvata. Milburn è un mostro. Voi...? Voi siete il mio cavaliere bianco."

"Non lo sono, per quanto vorrei esserlo. Temo che la mia armatura sia macchiata piuttosto che scintillante."

Perdita gli accarezzò la guancia con le delicate punte delle dita, lo sguardo greve. "Un cavaliere dall'armatura scintillante è un uomo il cui metallo non è mai stato messo alla prova. E voi avete dimostrato più di una volta quanto sia forte il vostro spirito."

Le parole della giovane gli strinsero il cuore. Come poteva Perdita sapere esattamente quali parole lo avrebbe fatto sentire al tempo stesso aperto e vulnerabile, ma anche impavido? Vaughn chiuse gli occhi e sospirò prima di prendere nuovamente la parola. "Cosa posso fare? Ditemelo e io farò *qualunque* cosa per voi."

"Siete sicuro? Potreste non gradire la mia risposta."

Vaughn si aspettava una sorta di promessa di vendetta contro Milburn... che sarebbe stato ben lieto di fare. "Qualunque cosa."

"In tal caso, voglio *conoscervi*."

La risposta colse Vaughn alla sprovvista. Non era sicuro di essere pronto. "Conoscermi?"

"Se dobbiamo sposarci, desidero sapere tutto di voi. Desidero conoscere l'uomo, non solo la maschera con cui egli seduce le donne." Perdita si voltò tra le sue braccia e lui riuscì a vederle il viso, illuminato dalla luce della luna invernale.

Il cuore gli batteva all'impazzata. A Perdita sarebbe

piaciuto un uomo del genere? Uno che era semplicemente una persona per lei, che non diceva e faceva ciò che sapeva lei volesse sentire? "Cosa volete sapere di me?"

"Raccontatemi qualcosa di meraviglioso. Qualcosa a cui vi aggrappate quando le ombre minacciano di soffocarvi." Perdita gli portò una mano alla mascella, esplorandogli il mento con le dita. Il suo tocco bruciava in una maniera meravigliosa che fece mancare un battito al suo cuore.

"Qualcosa di meraviglioso..." Vaughn avrebbe risposto 'questo momento', ma Perdita era in cerca del suo passato. Di qualcosa che le rivelasse il vero Vaughn. Lui deglutì a fatica; ora sapeva quale ricordo avrebbe condiviso con lei.

"Avevo un fratello, Edward, maggiore di me di cinque anni."

"Non sapevo che aveste un fratello." Gli occhi di Perdita, in quella stanza buia, sembravano incanalare la luce fioca della luna che proveniva dalla finestra come due laghi ghiacciati, ma il suo sguardo non era freddo. Avere una tale intensità concentrata su di lui lo scaldava.

"Edward era... beh, perfetto. E intendo nel migliore dei modi. Era intelligente, divertente, generoso... era il *migliore*. I nostri genitori lo adoravano; era il figlio maggiore e il loro preferito. Ma io non detestavo né lui né la lunga ombra che la sua vita proiettava sulla mia. Anzi: mi rendeva felice per il fatto di essere me stesso, semplicemente Vaughn, il fratellino di Edward. Andavamo a cavallo insieme, in tarda estate, noi due soli a galoppare tra le radure. Edward mi lasciava *sempre* vincere. Persino quella volta in cui il mio castrone perse un ferro, lui fermò il cavallo, tornò da me e annunciò che lo avevo battuto. Era quello il genere di persona che era. Io non potrei mai essere alla sua altezza." La voce di Vaughn si incrinò sulle ultime parole e, per un istante, lui tacque.

Le dita di Perdita si immobilizzarono sulla sua gola e lui la sentì tremare. "Cosa è accaduto a vostro fratello?"

Vaughn cercò di sorridere. "Lasciamo perdere. In fondo, voi mi avete chiesto qualcosa di magnifico."

"Ho chiesto di sapere tutto di voi. Nel bene e nel male. Cosa accadde?"

Vaughn aveva la sensazione di aver inghiottito delle schegge di vetro. "Un giorno, Edward uscì a cavallo da solo. All'epoca, io avevo solo sedici anni. Ero a Eton e lui si stava occupando della tenuta. Mio fratello fu disarcionato e morì."

Vaughn serrò le palpebre, stringendo a sé Perdita, aggrappandosi a lei mentre il dolore che aveva sepolto tempo prima si faceva strada ad artigliate. Ricordava la lettera che aveva ricevuto nella sua stanza di Eton. La grafia sottile di sua madre era macchiata dalle lacrime e lo informava della morte di Edward. Il cuore di Vaughn, o almeno quella parte di esso che era ancora aperta alla vita e all'amore, si era tramutato in pietra quel giorno.

"Voi lo amavate molto," disse Perdita.

"Sì." Vaughn non osò aprire gli occhi, perché le lacrime traditrici si sarebbero aggrappate alle sue ciglia.

"Questo significa che voi *potete* amare, Vaughn. Significa che, un giorno, potreste persino amare *me*." La giovane gli sfiorò le labbra con un dito, come per memorizzarne la forma e la consistenza.

Uno strano tremito percorse il corpo di Vaughn. Lui ripensò a tutti i baci che le aveva rubato, al modo in cui lei aveva ricambiato il suo ardore, ma gli era sempre parso che ci fosse qualcosa di *più*, qualcosa che lui non riusciva a descrivere. Sentendola parlare di amore, della speranza che un giorno lui l'avrebbe amata, si rese conto che gli stava dicendo che *lei* lo amava. Era spaventoso ed eccitante e

Vaughn non sapeva cosa fare, se non tenersi stretta Perdita e respirare mentre le emozioni lo attraversavano violentemente.

In quel momento, capì che, se avesse perso Perdita, non si sarebbe mai ripreso; che non sarebbe mai riuscito a voltare pagina dopo una simile devastazione.

"Dormite, ora. Ci sono qui io." La baciò sulla fronte e lei si accoccolò ancora più strettamente contro di lui. Sarebbe andato tutto bene. Doveva crederlo.

❦ 10 ❦

PERDITA NON SI SVEGLIÒ PRIMA DI MEZZOGIORNO. Il letto era vuoto, ma l'impronta lasciata dal corpo di Vaughn era ancora calda al tocco. Lei era stata stanchissima dopo aver preso il sonnifero, ma non si era dimenticata ciò che l'uomo le aveva rivelato riguardo al fratello, a come lo aveva amato e perso. Perdita aveva visto la sofferenza nei suoi occhi e aveva udito la sua voce rompersi. Il cuore del suo visconte non era fatto di roccia, e nemmeno di ghiaccio. Batteva e sanguinava proprio come il suo.

Si alzò dal letto, sussultando per l'intirizzimento dei muscoli. Sarebbe stata una giornata lunga e quella sera c'erano la cena e il ballo, il che significava che avrebbe avuto poco tempo per riposare. Sollevò la testa all'ingresso della sua cameriera.

Beth la raggiunse e le diede un abbraccio delicato. "Milady. Vostra madre mi ha detto cosa è accaduto ieri notte. Mi dispiace tanto! Perché non mi avete mandata a chiamare?"

"Va tutto bene, Beth." Perdita diede una pacca sulla schiena della cameriera prima di lasciarla andare. "Non volevo svegliarti e, onestamente... volevo rimanere sola dopo quello che è accaduto." Non intendeva confessare a Beth che si era vergognata di essere stata aggredita e che si era sentita sciocca.

La sua cameriera la fissò prima di parlare, come se comprendesse i sentimenti di Perdita. "Vorrei che mi aveste mandata a chiamare. Non avrei..." Beth cercò di trovare le parole giuste. "Voi siete la *mia* signora e io avrei fatto qualunque cosa per aiutarvi." La domestica la abbracciò di nuovo. A Perdita vennero le lacrime agli occhi mentre accarezzava la schiena della ragazza.

"Ti ringrazio, Beth." Per un lungo istante, nessuna delle due parlò, ma quando Beth si raddrizzò, Perdita aveva già scacciato la paura e si stava comportando nella maniera più normale possibile.

"Mi hanno ordinato categoricamente di non farvi alzare, signorina, se non per scendere a cena. E in *nessuna* circostanza vi è permesso di ballare."

"Ma–"

"Nemmeno un passo." Beth cominciò a preparare un abito pulito e delle scarpe. L'abito era bianco.

"Non quello, per favore. Potrò almeno scegliere cosa indossare."

Beth le rivolse un'occhiata di sfida. "E *quale* vestito pensavate di mettere?"

"Speravo di indossare l'abito blu, quello con le rose bianche sul corpino e le maniche. Vorrei indossare un vestito nuovo, che mi aiuterà a risaltare tra le altre signore; probabilmente, loro indosseranno qualcosa di bianco, rosso o verde per festeggiare la Vigilia di Natale."

"D'accordo, vada per quello blu. Ma niente balli," ordinò Beth.

Perdita levò gli occhi al cielo e permise alla sua cameriera di aiutarla a vestirsi. Scoprì di avere un piccolo livido viola sul viso; avrebbe cercato di nasconderlo coi capelli. Ma sarebbe stata dura. Sperò che nessuno se ne accorgesse.

Un'ora dopo, stava andando in cucina nella speranza di rubare qualche biscotto. Quella mattina, non aveva avuto appetito, ma ora, finalmente, si sentiva meglio e aveva una certa fame. Rimase sconvolta quando Vaughn la raggiunse all'altezza delle scale che conducevano in cucina.

"Come state?" chiese l'uomo. Le appoggiò una mano in fondo alla schiena. Nonostante gli strati di tessuto che li separavano, Perdita sentì il calore del suo palmo.

Chinò la testa, imbarazzata nel fronteggiare il visconte con quel livido così visibile sul viso. "Abbastanza bene."

Vaughn si fermò in fondo alle scale e le prese in mano il mento, sollevandole il viso verso il proprio.

"Maledizione," imprecò sottovoce. "Sembrava meno scuro questa mattina, prima che io me ne andassi."

Questa mattina. Dunque, Vaughn se n'era andato poco prima che lei si svegliasse e aveva mantenuto la promessa di trascorrere la notte con lei.

"Nessun problema. Ho solo paura che gli ospiti lo vedano. Lo scandalo e i pettegolezzi viaggiano molto in fretta."

"Questo è vero." Vaughn le toccò i fianchi con le mani, una presa delicata, ma ferma. "Perché non ci vediamo in biblioteca tra un'ora? Ho un piano."

"Volevo prendere qualcosa da mangiare."

"Ci penserò io. Voi andate a riposare e ci vedremo nell'alcova. Un'ora."

"D'accordo." Perdita sollevò le gonne per tornare al piano di sopra, ma lui le afferrò il braccio, fermandola in modo da poter rubare un bacio profondo, e poi la lasciò andare. Senza fiato, Perdita rimase dov'era per un istante, il corpo talmente caldo che le venne voglia di correre fuori in mezzo alla neve per raffreddarsi. Poi, l'uomo si incamminò lungo il corridoio che portava alle cucine e lei tornò in camera sua, chiedendosi cosa Vaughn avesse in mente.

La sua domanda ebbe risposta un'ora dopo, quando lei entrò in punta di piedi nella biblioteca. Ebbe un sussulto.

Vaughn era in piedi sul bordo della cassapanca e stava appendendo un grosso ramoscello di vischio. Ai suoi piedi, sul pavimento, era stesa una grande coperta con dei piatti di cibo e una brocca di limonata con due bicchieri. Diversi libri erano stati riuniti in una pila ordinata vicino alle coperte e cuscini disposti contro la parete. Vaughn aveva preparato un picnic solo per loro due.

Quale uomo avrebbe impiegato tanto tempo e tanti sforzi per produrre una scenetta adorabile come quella? Era qualcosa di incantevole. Perdita tirò su col naso e le bruciarono gli occhi. Il colpo alla testa la faceva sentire molto sciocca. Non mancò di notare che Vaughn aveva preso una stanza che lei amava, una stanza in cui era accaduto qualcosa di terribile, e l'aveva resa di nuovo un posto sicuro. E pensare che lui credeva di non essere un gentiluomo...

Vaughn le dava ancora le spalle e lei ammirò le linee snelle delle sue gambe e la solidità del suo posteriore nei pantaloni blu scuro. Il visconte non indossava i calzoni al ginocchio, ma si sarebbe cambiato più tardi, quando sarebbe andato al ballo... senza di lei. A Perdita sarebbe mancato ballare con lui, nonché ballare in generale, fino a quando la sua caviglia non sarebbe guarita e il medico le avrebbe permesso di correre il rischio di una quadriglia o due.

"Avete superato voi stesso," disse mentre raggiungeva la coperta da picnic.

Vaughn le rivolse un sorriso brillante scendendo dalla cassapanca. Ora erano entrambi sotto il vischio. All'esterno, la neve scintillava sui prati, creando uno splendido quadretto invernale che fece spiccare un balzo al suo cuore.

Vaughn accennò col capo al ramoscello che, senza ombra di dubbio, avrebbe portato a qualcosa di molto piccante. "Che ne dite di farne buon uso?"

"Credo che sia una splendida idea." Perdita si alzò in punta di piedi per circondare con le braccia il collo di Vaughn. Nello stesso momento, lui la sollevò prendendola per la vita e la baciò. Le labbra dell'uomo erano morbide, ma delicate mentre esploravano la bocca di Perdita. Lei cedette al sapore squisito di lui e al calore del suo corpo. Vaughn le faceva dimenticare le sue preoccupazioni. Di certo, questo lo rendeva perfetto.

Quando le loro labbra si separarono, lui la fissò sbalordito.

"Cosa c'è?"

"Voi." L'uomo le accarezzò la guancia col dorso delle dita. "Nonostante quello che Milburn ha cercato di farvi, siete ancora in grado di baciarmi. Siete stupefacente."

Un brivido di panico si levò in lei a quelle parole. Vaughn la credeva forse una poco di buono, o pensava che la notte prima l'avesse lasciata indifferente?

"Qualunque cosa stiate pensando, smettetela," disse lui. "Quello che intendo è che poche donne, oltre a voi, avrebbero il coraggio di rimanere da sole con un uomo dopo quello che è accaduto."

Perdita abbassò lo sguardo sul pavimento. "Quello che mi è successo... non mi rende debole. Non mi rende meno di quello che sono."

"Sì," confermò l'uomo. "Voi siete forte. Lo siete sempre stata."

Perdita sollevò lo sguardo e incrociò quello di Vaughn, sperando di non vedere alcun biasimo nei suoi occhi.

"E quella forza vi rende stupefacente." Vaughn le sfiorò le labbra con le proprie in un bacio delicato, dolce, tenero, che le fece piegare le ginocchia. Per un uomo che sosteneva di non essere capace di amare, egli sapeva baciare come uno che amava più della maggior parte dei poeti romantici.

"Gradite sedervi? Possiamo fare il nostro picnic, anche se è un po' tardi." Vaughn la aiutò a sedersi con lui sulla coperta e cominciò a servirle le carni fredde e la frutta che aveva preso in cucina.

"Vaughn, quando saremo sposati, dovremo trasferirci nella vostra casa di città?" chiese lei. Era strano pensare che presto si sarebbe sposata, e col Demonio di Londra, per di più. Era altrettanto strano pensare che il *ton* avesse favorito Milburn come gentiluomo, condannando invece Vaughn; ma la società non avrebbe potuto sbagliarsi più grossolanamente riguardo a entrambi.

Se non altro, il mio demonio è un angelo travestito.

"Potremmo, a meno che voi non vogliate trasferirvi in una residenza diversa." Vaughn rispose con cautela, scegliendo bene le parole. "Ho dovuto chiudere la tenuta in campagna." L'uomo non aggiunse altro, ma lei sapeva cosa non stava dicendo. Che non avrebbe usato il suo denaro per riaprire la tenuta, a meno che non fosse lei a permetterglielo.

Perdita bevve un sorso di limonata e guardò il visconte.

"Ieri notte, quando avete parlato di Edward, ho avuto la sensazione che foste infelici. Voglio che voi – che *noi* – siamo felici. E se usassimo parte della mia dote per aprire la vostra dimora di campagna? Se riuscissimo ad affittare di nuovo le vostre fattorie, potremmo riuscire a creare una tenuta autosufficiente. Ammetto che preferisco la campagna a Londra e che mi piacerebbe vivere nella casa in cui siete cresciuto, sempre che voi lo desideriate." Per loro e per i bambini che, sperava, sarebbero presto arrivati. Non era mai stata interessata ad avere dei figli, in passato, ma quando guardava Vaughn e immaginava dei bambini coi suoi capelli d'oro e i suoi occhi azzurri... li voleva disperatamente.

"Se non vi dispiace, ne sarei contento. Ma vi assicuro che una volta che i miei investimenti presso Lennox avranno dato frutto, vi restituirò il denaro che avremo utilizzato. La gente chiacchiererà, naturalmente, quando ci trasferiremo nella tenuta. Diranno che vi ho sposata solo per migliorare il buon nome della mia famiglia e la mia situazione economica." Il tono di voce dell'uomo era carico di un profondo rammarico, che intenerì ancora di più il cuore di Perdita.

"Che parlino pure." Lei incrociò lo sguardo di Vaughn. "Non è nulla che non abbiano già detto di cento altre persone. Voi e io sappiamo cosa c'è realmente tra noi."

Spinse il piatto lontano dalla coperta e tese una mano Vaughn. Il sole pomeridiano proveniente dalla finestra li bagnò entrambi mentre sedevano l'una accanto all'altro sul pavimento vicino alla cassapanca.

Vaughn mise la mano nella sua e lei gli strattonò delicatamente il braccio. Il visconte inarcò le sopracciglia in una domanda silenziosa. Lei sorrise. C'era una cosa che desiderava più di ogni altra, in quel momento. Lui. Sapeva che l'uomo avrebbe dovuto essere tentato, dopo tutto quello che era accaduto, e avrebbe fatto tutto il necessario per convincere la sua canaglia gentiluomo a rivendicare ciò che le apparteneva di diritto. Voleva cancellare i brutti ricordi e coprirli con ricordi nuovi. Ma soprattutto, voleva stare con Vaughn. Non perché volesse superare l'aggressione da parte di Milburn, ma perché aveva voluto Vaughn già prima che tutto ciò accadesse.

Non lascerò che Milburn mi privi della felicità o della passione. Sono in grado di amare e di fare l'amore senza che il suo spettro mi tormenti.

"Domani ci sposeremo. Voi siete stato un perfetto gentiluomo, ma non voglio un gentiluomo, in questo momento. Voglio che voi, mia pericolosa canaglia, facciate quello che fate meglio. *Seducetemi*."

Gli occhi scuri di Vaughn si scurirono e lui la raggiunse gattonando mentre lei si sdraiava sulla coperta.

"Siete sicura... Dopo..." L'uomo esitò, titubante a pronunciare ad alta voce la parola.

"Ciò che Milburn ha cercato di fare non mi definirà e non ha cambiato i sentimenti che provo per voi."

Le labbra del visconte ebbero un guizzo malizioso. "Chiunque potrebbe entrare e vederci," ammonì mentre si chinava sul suo corpo prono.

"È vero. Ma sono tutti impegnati a prepararsi per il ballo di stasera. Dato che io non ho il permesso di ballare, preferisco di molto stare qui con voi, in questo modo."

Il sorriso da lupo di Vaughn fece mancare un battito al cuore di Perdita. "Una signora viziosa per un lord vizioso... direi che siamo *perfetti* l'una per l'altro." L'uomo si sbottonò il gilet mentre lei lo aiutava a togliersi la camicia. Perdita premette i palmi delle mani sui piani lisci e scolpiti del petto di Vaughn e suoi muscoli robusti del suo ventre. Serrò le cosce quando l'ondata di calore attraversò la parte inferiore del suo corpo.

"Vorrei spogliarmi di quel vestito, ma non possiamo

correre il rischio." Vaughn calò su di lei. Perdita sollevò le gonne e lui prese posto tra le sue cosce spalancate. Le accarezzò la gamba destra, giocando coi nastri della sua giarrettiera. Poi infilò la mano tra i loro corpi, toccandola in mezzo alle cosce. Perdita ebbe un sussulto alla pressione delle dita dell'uomo. Era così eccitata, così pronta ad avere di più, che si irrigidì contro la vaga intrusione.

"Questo vi farà un po' male," la avvisò Vaughn. Nei suoi occhi ardeva un fuoco che riecheggiò nel corpo di Perdita, la quale annuì.

"Lo so, ma vi desidero." Perdita sollevò l'inguine in un gesto di incoraggiamento e lui cominciò a baciarle le labbra e il collo prima di permetterle di trafficare coi suoi pantaloni e spostarsi sopra di lei. Qualcosa di caldo e duro pungolò l'ingresso di Perdita. Lei accentuò la presa delle gambe sui fianchi dell'uomo, cercando di attirarlo più vicino a sé.

"Sono pronta," mormorò contro la sua bocca.

Vaughn affondò. In un accecante momento di dolore, Perdita lo accolse dentro il proprio corpo e lui si immobilizzò sopra di lei, respirando a fatica.

"Brava, cara. Respirate con me." Vaughn la baciò con tenerezza mentre cominciava a muoversi dentro di lei.

Il dolore sfumò in qualcosa di diverso, qualcosa di acuto, ma non doloroso. Era la sensazione di qualcosa che cresceva. Vaughn mosse i fianchi, entrando e uscendo più velocemente da lei. La sensazione era quasi insopportabile. I seni di Perdita dolevano mentre premevano duramente contro il corpino.

"Vaughn, sta succedendo di nuovo." Il suo corpo bruciava come se il fuoco lo avesse lambito. Le labbra dell'uomo catturarono le sue; le braccia di Vaughn erano piantate accanto alle sue spalle, a sostenerlo. L'uomo si sollevò sopra di lei, tutto muscoli e potenza. Eppure, non c'era paura, solo piacere, mentre l'orgasmo lacerava Perdita. Lei lanciò un urlo contro le labbra dell'uomo e questi si unì a lei, imprecando bruscamente mentre entrambi si lasciavano andare.

Tutti i muscoli doloranti dall'ordalia della notte prima erano ora rilassati. Perdita non avrebbe mai immaginato che fare l'amore sarebbe stato così rilassante una volta terminato.

"Come vi sentite, cara?" chiese Vaughn mentre posava lo sguardo degli occhi azzurri sul suo viso per scrutarla.

Perdita sospirò e sollevò la testa, baciandolo. "Benissimo."

"Immaginate come sarà farlo a letto, quando potrò prendermi delle ore per esplorarvi, toccando con la bocca e le mani i punti segreti del vostro corpo."

"Ore?" Dio, Perdita non riusciva proprio a immaginarlo.

"*Ore*," ripeté Vaughn in un basso mormorio. "Sarete così esausta da non riuscire a lasciare il nostro letto."

Il nostro letto. Quelle tre semplici parole la avvolsero in un bozzolo di calore.

"Potremmo rimanere qui," mormorò Perdita. "Lasciate perdere la cena e il ballo. Rimaniamo qui." Passò le mani lungo le braccia del visconte, godendosi la sensazione dei muscoli sotto le dita. La luce del sole provocò un'intensa aureola dorata quando gli colpì i capelli e lei passò le dita tra le ciocche brunite. Il rubino del suo anello brillava di una luce rosso scura, come un cuore pulsante.

"È questo ciò che desiderate? Che ci nascondiamo? Non che abbiate bisogno di una scusa, dopo quello che avete passato. Abbiamo parecchi libri, ma ci servirà dell'altro cibo. Adesso mi vesto e vado in cucina, d'accordo?"

"Sì, per favore."

Vaughn si staccò da lei ed entrambi si sistemarono i vestiti. Perdita lo aiutò ad abbottonarsi il gilet, dopodiché lui la lasciò sola. Lei prese posto sulla cassapanca, il corpo languido. Avrebbe potuto restare così per secoli, a guardare il sole che brillava sulla neve in giardino. Neve fresca. Ne era caduta dell'altra, quella mattina.

Perdita osservò la neve, poi si premette con prudenza contro il vetro per guardare meglio. C'erano delle impronte... che conducevano dritto alle finestre del piano inferiore. Nessun servitore poteva essere uscito, non così vicino alla casa. Ma chi mai poteva aggirarsi per la neve e sbirciare dalle finestre? Le venne in mente un solo nome.

Milburn.

Quell'uomo era ancora lì. Perdita avrebbe dovuto dirlo a Vaughn.

$\maltese$ 11 $\maltese$

PERDITA FISSÒ LA SCALETTA DELLA CARROZZA CHE l'avrebbe portata alla piccola chiesa di Lothbrook. Non riusciva a ignorare il formicolio che avvertiva al ventre. Nel giro di qualche ora, sarebbe diventata la moglie del Demonio di Londra.

"Non riesco a credere che tu stia per sposarti!" La sua migliore amica, Alexandra Worthing, era in piedi accanto a lei con un'espressione perplessa sul bel viso. "Né che tu stia per sposarti con *lui*."

Perdita sapeva che, una volta che la società avrebbe appreso la notizia, lei sarebbe stata sommersa di lettere da parte di tutti i suoi amici e conoscenti, disperatamente ansiosi di sapere come fosse nata quell'unione. Sarebbe stata una gran fatica dirlo a tutti.

Per un breve istante, Perdita prese in considerazione l'idea di contattare lady Società, la famigerata donna senza volto che scriveva articoli di pettegolezzi per la *Quizzing Glass Gazette*. Avrebbe potuto essere un modo per raccontare la storia a Londra in una maniera che le avrebbe permesso di godersi la luna di miele senza dover rispondere a un torrente di domande.

"Lo so. Ma sento che è giusto," rispose Perdita. Cambiò posizione al bouquet e, finalmente, affrontò la tacita tensione che scorreva tra lei e la sua amica. "Sei arrabbiata con me? Perché sto per sposare Darlington? Dopo che lui ti ha rapita, devi disprezzarlo di certo..."

Perdita ingoiò qualunque altra cosa avesse avuto in mente di dire. In un certo senso, era probabile che Alexandra vedesse Vaughn come lei vedeva Milburn, anche se Vaughn non aveva mai avuto intenzione di usare violenza ad Alex. Era stato un semplice spettacolo, per vincere una scommessa. Ma Perdita aveva la sensazione di stare tradendo Alex sposando l'uomo, e il pensiero le spezzava il cuore.

"Io..." Alex abbassò lo sguardo sui propri stivali. "Ammetto di essere sorpresa. Non pensavo che lui sarebbe stato abbastanza buono per te. Non sono ancora convinta che lo sia. Ma se tu lo ami e lui ama te..."

"È così," disse Perdita, anche se non era sicura che fosse vero, almeno non al momento.

"Allora è questa l'unica cosa importante, non ciò che io penso di lui." Alex si strinse nel mantello e tese le mani a Perdita, come loro due avevano sempre fatto da bambine. Era un gesto di amicizia, un gesto di fiducia. Perdita afferrò le mani di Alex e il bouquet rimase sospeso tra di loro mentre si fissavano.

"È il giorno del tuo matrimonio," disse Alex con un ampio sorriso. E i nostri mariti sono buoni amici. Questo è un giorno felice."

"È vero," concordò Perdita. "Darlington e io siamo davvero felici che tu sia venuta."

"Ma certo che sono venuta! Tua madre mi ha spedito

una lettera nel momento stesso in cui le hai detto del fidanzamento. Mi dispiace solo che non siamo riusciti ad arrivare prima. Worthing avrebbe aiutato Darlington a trascinare quel bastardo fuori dalla neve e a spaccargli la faccia!"

"Alex!" Perdita cercò di non ridere alle parole sanguinarie della sua amica.

Alex puntò un piede coperto da uno stivale in maniera molto signorile. "Merita molto di peggio," borbottò.

"Sì, è vero." Per la decima volta, Perdita si guardò attorno, ma vide solo i suoi lacchè e la carrozza. Ciò non bastò a rimuovere la sensazione di essere osservata. Il giorno prima, aveva espresso a Vaughn la paura che Milburn non fosse tornato a Londra. Lui aveva giurato di sorvegliarla costantemente e solo su insistenza di Perdita aveva accettato di lasciarla sola per precederla in chiesa.

"Vieni, Perdy; non dobbiamo perdere tempo." Alex le prese il braccio e insieme raggiunsero la carrozza e salirono. Il padre di Perdita uscì di casa e li raggiunse sorridendo.

"Non c'è nulla come un matrimonio a Natale, eh?" chiese.

Perdita ricambiò il sorriso. Che splendida giornata per sposarsi.

❧

Vaughn sentiva il peso della pistola riposta al sicuro in una tasca del mantello mentre saliva i gradini della piccola chiesa di pietra grigia. Festoni vegetali erano appesi sopra il portone e coprivano molti dei banchi che affiancavano la navata che conduceva all'altare. Molti dei paesani di Lothbrook attendevano seduti sui banchi, vestiti dei loro migliori abiti natalizi. Sembrava che fossero venuti tutti a osservare il matrimonio.

Il mio matrimonio. Vaughn sorrise un poco nel togliersi il mantello, badando a tenere in sicurezza la pistola mentre lo porgeva al suo valletto, che andò a posarlo sulla panca più vicina all'altare. Era la sua unica protezione nel caso Milburn avesse deciso di presentarsi. Dopo che Perdita aveva confessato di aver visto delle impronte fuori dalla casa, vicino alle finestre, lui temeva che Milburn si fosse nascosto da qualche parte in paese e li stesse aspettando.

Aveva cercato di sedare le preoccupazioni di Perdita, ma la verità era che le paure di lei erano più fondate di quanto immaginasse.

Il maggiordomo di Vaughn, il signor Craig, era arrivato il giorno prima portando notizie. Il signor Craig aveva usato la propria astuzia e alcune vecchie conoscenze per rintracciare i soci in affari di Darby. Dopo aver fatto qualche indagine al porto, si era introdotto nei loro uffici di notte e aveva scoperto un paio di registri nascosti che risalivano a diversi anni prima del coinvolgimento di Darby. Senza dubbio, i documenti falsi in possesso di Milburn erano stati realizzati usando quei registri come modello, cambiando le date alla bisogna.

Craig aveva portato i documenti al magistrato locale e i soci coinvolti erano stati arrestati per essere interrogati. Milburn non aveva più alcun potere su Perdita, immaginario o meno, e lo scandalo che si era scatenato a Londra avrebbe inevitabilmente coinvolto quell'uomo odioso, rovinando anche la sua reputazione. Milburn avrebbe certamente voluto vendicarsi.

"Smettila di agitarti," gli mormorò all'orecchio Ambrose. "Non vorrai che la sposa si accorga che hai paura."

Vaughn inghiottì una risata. Quando Ambrose, il suo migliore amico, era arrivato accompagnato dalla sua sposa novella, era stata una benedizione che lui non si sarebbe mai aspettato. Aveva quasi distrutto la loro amicizia, rapendo Alex per vincere una scommessa. Il fatto che il suo amico fosse lì, oggi, il giorno del suo matrimonio... Mille parole erano sulla punta della lingua di Vaughn, ma lui si vergognava troppo per pronunciarle.

"Andrà tutto bene," disse Ambrose, come se potesse leggere il dolore e il rammarico nel cuore di Vaughn.

"Grazie," mormorò lui. Ambrose annuì, sorridendo.

Il vicario, che indossava i paramenti natalizi, attendeva accanto a Vaughn. Entrambi fissavano la porta, l'orecchio teso per cogliere l'eventuale sferragliare di una carrozza sull'acciottolato: la carrozza che avrebbe trasportato la futura sposa di Vaughn.

"Avete paura che scappi?" Il vicario, un uomo di poco più di vent'anni, ridacchiò. "Non temete. Conosco la signorina Darby da quando ero ragazzo. Quando vuole qualcosa, non c'è verso di fermarla. E stando a quanto ho sentito, lei vuole *voi*." Gli occhi dell'uomo brillarono e Vaughn si rilassò.

Perdita lo voleva davvero, proprio come lui voleva lei. La sera prima, lui e Perdita avevano trascorso ore nella biblioteca, leggendo l'uno all'altra e facendo l'amore. Era valsa la pena rischiare di essere scoperti per mostrarle quanto lui poteva essere capace. E lei era stata perfetta. *Meravigliosamente perfetta.*

E ora, Vaughn avrebbe unito la propria vita alla sua di fronte a Dio. Per la prima volta, comprendeva la strana condizione di cui il suo amico Ambrose era caduto preda.

L'amore: un amore provocato dalla pura e semplice gioia. Vaughn non avrebbe mai immaginato di provare un sentimento del genere. Non dopo l'agonia che era stata la morte di suo fratello.

Le porte si aprirono e Perdita entrò in chiesa con un abito di seta bianca. Era semplice, ma elegante, proprio come lei. La giovane si morse il labbro mentre camminava verso Vaughn e lui si rese conto che stava cercando di nascondere un sorriso. Il signor Darby condusse la figlia da lui e la baciò sulla guancia prima di prendere posto nel primo banco.

Il vicario cominciò la cerimonia e Vaughn faticò a udire le parole dei voti e dei sacramenti. Tutto ciò a cui riusciva a pensare era che aveva messo a nudo la propria anima alla donna accanto a lui e ora lei si era insinuata nel suo cuore con la propria intelligenza e la propria dolcezza. La vita di Vaughn era ora divisa in prima e dopo di lei.

Finalmente ebbe il permesso di baciarla, cosa che fece senza esitazione. Perdita ridacchiò contro le sue labbra, dopodiché si recarono in sagrestia a firmare il registro. Quindi, Vaughn prese il mantello del suo valletto e Perdita prese il suo dalla sua cameriera, ed entrambi si prepararono ad accogliere gli ospiti sui gradini della chiesa.

Il signor Craig rimase nelle vicinanze, lo sguardo freddo e il volto segnato che osservavano la tranquilla scena del borgo natalizio. Vaughn gli rivolse un cenno del capo. L'uomo maturo sembrava sprezzante e distaccato a molti, ma per Vaughn era un alleato fidato e, dal canto suo, Vaughn era felice che il signor Craig fosse riuscito a partecipare al matrimonio.

"Siete pronto ad andare?" chiese Perdita, gli occhi che brillavano in maniera birbante.

"Sì. Anzi, sono prontissimo a farvi sdraiare su un letto." Vaughn pronunciò quelle parole a bassa voce, in modo che nessuno degli invitati che li circondavano potesse sentire.

"Depravato!" lo rimproverò lei, che tuttavia era già arrossita. Vaughn non riuscì a non notare il modo in cui i suoi seni premevano contro il corpino dell'abito quando inalava. Presto, lui avrebbe esplorato fino in fondo il suo corpo con un piacere intimo.

Era talmente perso nei suoi pensieri della luna di miele e del banchetto imminente da essere distratto mentre lui e Perdita uscivano dalla piccola chiesa. La gente si radunò attorno a loro, stringendo mani e congratulandosi. Solo quando la folla cominciò a disperdersi, Vaughn si rese conto che stava per accadere qualcosa di terribile.

Samuel Milburn era in piedi sul selciato, l'aspetto trasandato e sconvolto. Fissò lui e Perdita sui gradini.

"Avete rovinato tutto!" gridò l'uomo, sollevando il braccio. La luce fece brillare la canna della pistola mentre mirava a Perdita.

Fino a quel momento, Vaughn non aveva mai capito cosa avesse inteso suo padre quando gli aveva parlato dell'istinto di un soldato. Agì senza riflettere e si mise di fronte a sua moglie. La pistola sparò e Vaughn grugnì quando il proiettile lo colpì.

Sentì dolore, dapprima una fitta acuta, poi un forte indolenzimento, ma si ritrovò incapace anche solo di imprecare. Attorno a lui, tutti stavano urlando, ma Vaughn tenne Perdita saldamente premuta contro di sé, anche mentre barcollava e cadeva. Cercò di estrarre la sua arma dal mantello mentre Milburn tirava fuori una seconda pistola.

Il signor Craig fece un passo avanti, spostando Vaughn alle sue spalle. "Chiedo scusa, milord," ringhiò, per poi sollevare a sua volta una pistola e sparare a Milburn.

L'uomo cadde in ginocchio e atterrò a faccia in giù nella neve, una pozzanghera di sangue rosso che inzuppava la neve tutto attorno a lui, l'arma pronta a sparare ancora stretta nella sua mano. Per un attimo, nessuno si mosse. Poi, il signor Craig si infilò la pistola vuota della giacca e si rivolse a Vaughn.

"Mi dispiace moltissimo, signore. Ma la ferita vi avrebbero rovinato la mira."

"Bravo." Vaughn ridacchiò, quindi fece una smorfia di dolore. "Bravo." Era sempre stato lieto che il suo maggiordomo avesse capacità molto particolari; quel giorno, quelle capacità avevano salvato lui e sua moglie.

Il suo maggiordomo annuì solennemente.

Perdita cadde in ginocchio accanto a lui. "Vaughn."

"Tutto a posto, cara. Vi dispiacerebbe chiamare il dottore?" Vaughn usò un tono di voce calmo, perché Perdita stava piangendo e si era aggrappata a lui. Il caos fuori dalla chiesa si era calmato solo in minima parte, ma lui lo ignorò. Il suo sguardo era fisso su Perdita e viceversa.

"E pensare che temevate che io non vi amassi," scherzò.

Gli occhi di Perdita si colmarono di lacrime. "Vaughn." Lo strinse con fervore. "Vi prego di non scherzare."

Vaughn riuscì a circondarla con un braccio mentre si raddrizzava. Solo allora ebbe il coraggio di guardare la sua ferita. Non era profonda. Era stato colpito alla spalla e il proiettile aveva leso solo il muscolo. Era poco più di un graffio.

"È grave?" chiese Perdita, tenendosi vicina a lui.

"No, per nulla. Per nostra fortuna, sono dannatamente duro a morire."

Perdita lo fissò, sbattendo rapidamente le palpebre mentre le lacrime si formavano nei suoi occhi, e Vaughn capì che la sua battuta l'aveva turbata.

Il medico arrivò pochi minuti dopo. Per fortuna, la sua

residenza non era lontana dalla Chiesa. Vaughn e Perdita rientrarono mentre la ferita di Vaughn veniva curata. Si sedettero nell'ultimo banco, dove Vaughn si tolse mantello, gilet e camicia.

"Fa un freddo del diavolo, qui," borbottò Vaughn mentre il medico gli puliva la ferita.

"Siete davvero fortunato," disse il dottor Williams. "La ferita è perlopiù superficiale. Ora ve la benderò; dovrete cambiare spesso il bendaggio. Temo che non potrete fare sforzi per qualche giorno." Il medico lanciò a Vaughn un'occhiata eloquente, per poi dire a Perdita: "Comprendo l'amore giovanile e la passione di due sposi novelli, ma non ci pensate neanche, avete capito? Non per tre o quattro giorni."

"Un corno," ringhiò Vaughn.

Perdita gli strinse il braccio. "Se il dottore dice che non possiamo, non lo faremo. Ma ci rifaremo. Quando potremo." Le guance della giovane arrossirono in maniera deliziosa.

"Non dimenticherò la vostra promessa, cara." Vaughn aveva qualche deliziosa idea su cosa fare una volta che fosse guarito.

Perdita ricambiò il sorriso, gli occhi che luccicavano di lacrime. "Ottimo punto"

Il dottor Williams grugnì mentre bendava la ferita di Vaughn. Quando furono pronti a uscire dalla Chiesa, trovarono il padre di Perdita che attendeva all'esterno. Il corpo di Milburn era stato rimosso dalla strada.

"Il vostro maggiordomo ha chiamato il magistrato, Vaughn. Ma dubito che ci saranno dubbi. Tutti hanno visto quello che è successo."

"Grazie al Cielo." Perdita appoggiò la testa alla spalla di Vaughn. Il gesto fece palpitare il suo stomaco per una sorta di brivido sommesso, che si protrasse e lo fece sentire frastornato.

Il signor Darby gli sorrise caldamente. "Vi porto a casa."

A casa. Con Perdita e la sua famiglia. *Sono la mia famiglia, ora.* Con un sorrisetto, Vaughn camminò con la sua sposa fino alla carrozza inattesa, ignorando la fitta di dolore alla spalla. Non era solo. Non più.

&

TRE GIORNI DOPO, PERDITA SI RITROVÒ SEDUTA SUL bordo del letto, tenendo in mano una scatolina, senza indossare altro che la sottoveste. Il nervosismo le danzava nel petto e nel ventre. Non poteva farci nulla. Quella sera, avrebbe dato a Vaughn il suo regalo di Natale, sebbene con qualche giorno di ritardo, e pregato che egli non si arrabbiasse con lei.

Molti uomini non avrebbero reagito bene a veder portate alla luce questioni d'orgoglio. Ma negli ultimi giorni, molte cose erano cambiate tra di loro. Siccome non potevano fare l'amore, erano giaciuti l'una tra le braccia dell'altro e parlato a bassa voce, al buio, delle loro speranze, dei loro sogni e delle vite che avevano vissuto in passato.

Perdita era rimasta sbalordita nel rendersi conto che era effettivamente possibile amare un uomo che, fino a pochissimo tempo prima, era stato per lei uno sconosciuto. Certo, il desiderio fisico era sempre stato presente, ma dopo tutto quello che avevano condiviso, l'amore l'aveva raggiunta furtivamente, silenzioso come un ladro, e ora lei amava davvero Vaughn. E sapeva che anche lui la amava. Se il fatto che egli si fosse frapposto tra lei e la pistola di

Milburn non fosse stato sufficiente, gli ultimi tre giorni lo avevano dimostrato. I sorrisi gentili, il modo in cui lui le prestava orecchio, il modo in cui erano giaciuti insieme, con le teste vicine e le membra intrecciate. I cuori che battevano all'unisono.

Perdita raddrizzò la schiena quando la porta della sua camera da letto si aprì.

Vaughn entrò, rivolgendole un sorriso malizioso che la fece ridere.

"Tre giorni, come aveva ordinato il dottore. E ora, voi siete mia. *Tutta mia.*" L'uomo si incamminò verso il letto, ma lei sollevò una mano.

"Aspettate."

Vaughn si fermò, lanciandole un'occhiata dubbiosa. Perdita guardò la scatolina e pensò a ciò che essa conteneva.

Per favore, capite perché devo restituirvelo.

"Che cos'è?" chiese lui.

"Un dono natalizio in forte ritardo." Perdita sollevò la scatola e, lentamente, Vaughn la prese in mano. Era così bello, bello come poteva esserlo solo un uomo che non indossava nulla, se non i pantaloni in pelle di daino e un gilet di seta blu scuro. Vaughn aprì la scatolina, lo sguardo fisso sul dono.

Si trattava, naturalmente, dell'orologio da taschino che lei aveva ricomprato dal gioielliere.

"Ma..." La voce di suo marito si incrinò mentre l'uomo prendeva l'orologio dalla scatola. L'argento brillò alla luce. "Come..." Vaughn scosse leggermente la testa. "Questo apparteneva a mio nonno. Ho dovuto venderlo."

"Promettete di non arrabbiarvi con me?" chiese lei.

"Lo prometto." Gli occhi di lui ardevano, anche se non di rabbia.

"Vi ho visto, quel giorno dal gioielliere. Non l'ho fatto di proposito. Ma quando mi sono resa conto che, forse, volevate comprarmi un anello, non potevo permettervi di dar via qualcosa a cui eravate chiaramente affezionato."

"E l'avete tenuto per tutto questo tempo?"

"Temevo che sareste andato in collera con me per averlo ricomprato, ma non potevo lasciarlo là. Appartiene a voi. Non siete arrabbiato, vero?"

Vaughn sfiorò col pollice la cassa d'argento dell'orologio prima di appoggiarlo sul tavolo accanto al catino di Perdita. Si sbottonò metodicamente il gilet, quindi si tolse la camicia. Allentò la falsatura dei pantaloni, ma non se le tolse.

"Vaughn..."

"Toglietevi la camicia da notte," ordinò a lui. La sua voce era bassa e cupa. Il suo sguardo, tuttavia, prometteva il realizzarsi di fantasie sensuali proibite. Perdita avvertì un certo disagio sotto quello scrutinio intenso. *"Ora."*

Perdita si affrettò a togliersi la sottoveste. Lui gliela tolse dalle mani nel momento in cui ebbe finito di farlo. La piegò e la appoggiò sulla poltrona vicino al mobile da toeletta.

"Ogni volta che dormiremo, voi vi toglierete la camicia da notte. Mi piace stare nudo accanto a voi," mormorò suo marito mentre sollevava un dito per passarglielo sulla clavicola.

Perdita rabbrividì e fece per coprirsi il seno, ma lo sguardo cupo dell'uomo la fermò.

"In questa stanza, sono io che comando," le ricordò lui. Perdita annuì mentre il suo corpo si scaldava. Non avrebbe mai permesso a Vaughn di controllarla al di fuori del letto, ma in quel contesto si sarebbe sottomessa volentieri.

Bramava i comandi dell'uomo, il suo controllo. La cosa era entusiasmante ed eccitante.

"Sdraiatevi, cara."

Perdita obbedì, cercando di sollevare la testa per guardare Vaughn mentre questi tirava fuori il fazzoletto da collo della camicia.

"Cosa—"

Vaughn la zittì mentre tornava al letto. Le prese i polsi e li legò assieme col fazzoletto. Quindi, le sollevò le mani sopra la testa e le legò a una delle colonnine del baldacchino.

Il cuore di Perdita batteva all'impazzata. Strattonò i legacci, ma non riuscì a liberarsi.

"Qui, da soli, possiamo soddisfare i nostri impulsi oscuri," disse Vaughn, mentre un sorriso gli curvava le labbra agli angoli. "Vi fidate di me?"

"Sì." Perdita si fidava davvero di lui. La benda attorno alla sua spalla le ricordava che quell'uomo era disposto a dare la vita per lei.

"Ottimo." Vaughn salì sul letto, intrappolando il corpo di Perdita mentre la baciava. Le sue labbra si mossero con esperienza su quelle di Perdita. Quindi, l'uomo tracciò un sentiero bruciante fino ai suoi seni nudi. Perdita inalò tra i denti quando le labbra di suo marito si chiusero attorno a un capezzolo. Fu una sensazione devastante sentire la bocca calda di lui che le succhiava il seno. Vaughn mordicchiò il tenero germoglio e una nota sommessa di dolore si mescolò al piacere prima che egli si spostasse sull'altro seno. Poi, Vaughn scese sempre più in basso lungo il suo corpo. Perdita serrò le cosce, ma lui le allargò.

"Siete di un bel rosa," mormorò Vaughn contro il suo sesso prima di baciarle l'interno delle cosce. Perdita aprì la bocca per parlare, ma lui la zittì con un'altra delle sue occhiatacce.

"Voi siete mia, dolcezza. Posso giocare con voi e posso assaporarvi. Voi potete dire solo *milord* o emettere suoni di piacere. Capito?"

Perdita annuì seccamente, per poi gemere sconvolta quando lui la leccò lì sotto. L'inaspettata esplosione di sensazioni la fece piagnucolare, le cosce che tremavano. La lingua dell'uomo continuò a giocare con le sue pieghe e ad accarezzarla prima che egli chiudesse le labbra attorno al suo bocciolo pulsante. Poi, Vaughn succhiò quel fascio di nervi e Perdita gridò sconvolta per l'ondata violenta di piacere che esplose in lei.

"Così," mormorò dolcemente l'uomo mentre lei scendeva da quella vetta squisita.

"Milord..." Perdita ansimò a bassa voce, a malapena capace di pensare oltre a quelle due parole.

"Sì?"

Perdita aveva chiuso gli occhi, ma udì il sorriso nella voce di Vaughn. "Voi siete l'uomo più perverso di Londra. No, di tutta l'Inghilterra."

La risatina di lui la sorprese.

"Beh, dopotutto avete sposato il Demonio di Londra." Vaughn la fece voltare bocconi. Poi, senza preavviso, le colpì il sedere con la mano. Il colpo non fu violento, ma le strappò un gridolino sorpreso. L'uomo ripeté il gesto due volte, quindi le accarezzò con dolcezza il sedere. Era una sensazione deliziosa sulla pelle leggermente dolorante. Quindi, Perdita fu voltata nuovamente sulla schiena mentre suo marito si chinava su di lei.

"Ho esagerato?" le chiese.

"No, milord."

"Ottimo punto" Vaughn premette un bacio accalorato

contro le sue labbra prima di mettersi in ginocchio tra le sue cosce aperte. Quindi le sollevò l'inguine, avvicinandola al proprio grembo, ma sollevandola quanto bastava perché lei vedesse il suo corpo. Si abbassò i pantaloni e la sua erezione guizzò verso di lei.

"Guardate mentre vi prendo," le ordinò. C'era un ringhio nella sua voce, una traccia dell'animale sottopelle che la fece fremere per la pregustazione. Vaughn guidò il proprio membro dentro di lei.

"Cristo santissimo, quanto siete stretta." Suo marito penetrò sempre di più in lei. Perdita osservò, affascinata ed eccitata, mentre loro corpi si univano completamente.

Vaughn cominciò ad affondare in lei fino a quando entrambi non emisero flebili suoni di gola mentre loro corpi si univano ancora e ancora. "Non distogliete lo sguardo. Non chiudete gli occhi." I muscoli del petto e delle braccia di Vaughn si contrassero mentre pompava dentro di lei. Perdita non sarebbe riuscita a distogliere lo sguardo nemmeno volendo. Il suo oscuro dio del mondo sotterraneo la stava possedendo, nel corpo e nell'anima. Quando i loro sguardi si incrociarono, lei vide – in quell'istante accecante in cui esplosero insieme – che anche lei possedeva lui.

Ore dopo, Perdita giaceva sopra a Vaughn, le gambe intrecciate a quelle di suo marito, i loro corpi umidi. Il respiro lento e misurato di lui, quello di un uomo sul punto di addormentarsi, era un conforto.

"Non ho esagerato?" chiese lui.

Perdita sollevò il viso per appoggiargli il mento sul petto. "No. Era perfetto."

Ecco di nuovo quel sorriso sbarazzino che lei adorava. Vaughn giocherellò con una ciocca dei suoi capelli, avvolgendoli attorno a un dito.

"Un uomo potrebbe viziarsi, avendo voi come moglie."

"Proprio così. Sono meravigliosa," concordò lei, trattenendo un sorriso.

"Ragazzina impertinente." Vaughn le diede uno scappellotto sul sedere con la mano libera e lei sibilò. Suo marito le aveva mostrato i propri desideri oscuri, quella notte, e le aveva scoperto che i suoi erano gli stessi.

Quest'uomo bello e misterioso mi ama. Mi eccita. Mi fa sentire viva.

Lo baciò sul petto e appoggiò di nuovo la testa.

"Ditemi che sarà sempre così."

"Sarà sempre così. Tranne, naturalmente, quando i bambini saranno abbastanza grandi per uscire di nascosto dalla nursery e venire a cercarci. Sarà ancora più divertente sfuggire a quelle pesti per avere un momento da soli." Vaughn sorrise, un suono ricco che emergeva dalle profondità del suo petto.

"Volete dei figli?"

"Più di ogni altra cosa, con l'eccezione di voi."

Perdita lo strinse ancora più forte. "Ne sono felice."

Lui le sfregò il naso contro la guancia e le diede un bacio sulla tempia. "Davvero siete felice di essere mia moglie?"

Perdita sollevò di nuovo la testa. "Infinitamente. E voi? Siete felice di essere mio marito?"

Lo sguardo di Vaughn era serio. "Lo sono. C'è qualcosa di indescrivibile nella gioia di condividere me stesso con voi, di farvi entrare nel mio cuore. All'inizio era spaventoso, ma ora non riesco a immaginare un giorno senza di voi."

"Dunque mi amate?" Perdita cercò di sembrare scherzosa, ma aveva bisogno di sentire quelle parole da lui.

"Sì. Vi amo alla follia, dalle profondità della mia anima e oltre."

"Anch'io vi amo. Il mio cavaliere bianco." Perdita gli passò una mano sul petto. Era arrivata a rendersi conto che un uomo dalla perfetta armatura scintillante era un uomo che non era mai stato messo alla prova. Vaughn, con la sua armatura macchiata, aveva rivelato la propria vera forza in più di un'occasione e la amava in modi che lei non aveva mai sognato.

Scivolò di qualche centimetro verso di lui per baciarlo, sapendo di aver trovato finalmente l'amore. Era sulle labbra di Vaughn, sulla sua lingua e nel modo in cui la abbracciava. Perdita sapeva che, quella notte, fuori stava cadendo la neve e mormorò una preghiera silenziosa di ringraziamento per il dono che era l'amare qualcuno che la amava a sua volta. Era il genere di miracolo nel quale le aveva rinunciato da tempo a sperare.

Il Natale era davvero un periodo di speranza, di miracoli, di fede e di amore infinito.

Grazie per aver letto The Seduction of the Rogue! Spero che ti sia piaciuta la storia di Vaughn e Perdita! Il prossimo volume della serie è intitolato La seduzione del gentiluomo ed è disponibile in italiano! Sentiti libero di girare la pagina per leggere i primi tre capitoli.

La SEDUZIONE
DEL GENTILUOMO
LAUREN SMITH

LA SEDUZIONE DEL GENTILUOMO

LONDRA, 5 DICEMBRE 1814

"Vi prego, non potete!" L'implorazione, pronunciata con voce roca, riecheggiò nel silenzio dell'atrio.

Il diciassettenne Martin Banks si nascose tra le ombre, osservando suo padre implorare pietà a Edwin Hartwell all'ingresso della loro piccola villetta in Gracechurch Street. L'alta statura di Edwin, le sue ampie spalle e la sua espressione fredda riempirono di paura il giovane cuore di Martin. Sua sorella gemella, Helen, gli stringeva il braccio mentre i due sbirciavano dal loro nascondiglio dietro una tenda.

"Posso e lo farò." L'espressione di Edwin era dura mentre fissava William Banks. "Voi mi dovete diecimila sterline e io intendo riscuotere il debito. Se non potete pagare, dovrete andarvene entro una settimana."

"Andarcene?" La madre dei due fratelli, una splendida donna dalla salute fragile, si appoggiò pesantemente al corrimano per sostenersi. Avrebbe dovuto riposare al piano di sopra, non fronteggiare quella belva umana assieme a suo marito. Martin avrebbe voluto andare da lei, ma era paralizzato da una paura infantile. Se suo padre temeva Edwin, lui sapeva di non avere alcuna possibilità.

"Sì, signora." La risposta di Edwin era talmente fredda che avrebbe potuto ghiacciare il Tamigi.

"Per favore, non potete. E i bambini?" La donna tese una mano implorante a Edwin, che però si scrollò di dosso il suo tocco e fece un passo indietro.

"Se vi fosse importato qualcosa dei vostri bambini, non avreste fatto un investimento tanto rischioso. Io vi ho prestato il denaro e voglio quello che mi spetta."

La gola di Martin si serrò e lui chiuse le mani a pugno così forte che le unghie gli si conficcarono nel palmo e fecero scorrere il sangue.

"Vi darò il denaro," disse William, affrettandosi a rassicurare Edwin.

"Potete tentare, ma nessuna banca vi farà credito."

"Potrebbero, invece," ribatté il padre di Martin. "Non sono ancora del tutto in disgrazia presso di loro."

"Vedremo. In caso contrario, verrete sfrattati tra sette giorni." Edwin si mise il cappello in testa e il maggiordomo gli aprì la porta. Mentre l'uomo usciva nella notte, Martin fissò la sua schiena, imprimendo per sempre quella visione nei suoi ricordi.

Edwin Hartwell, l'uomo che aveva rovinato la sua famiglia.

"William, cosa possiamo fare? Se le banche non ci aiutassero..." esordì sua madre.

"Ho ancora degli amici alla Drummonds. Andrò là domani mattina presto."

"Ti prego, sono preoccupatissima. Manca poco a Natale. E se non potessimo permetterci un altro posto dove vivere?" La madre di Martin abbracciò suo padre e il suo cuore si colmò di speranza. Di sicuro, suo padre sarebbe riuscito a fare qualcosa. Doveva riuscirci: avevano bisogno di una casa in cui vivere.

"Andrà tutto bene, Mary. Vedrai. Dovranno pur esserci delle stanze da qualche parte, anche se magari dovremmo spostarci in una zona meno rispettabile." Il padre di Martin lasciò andare sua madre e lei si asciugò una lacrima con mani tremanti.

"Vai di sopra e riposati. Hai avuto troppe preoccupazioni, oggi." Lo sguardo di William era cupo per l'ansia. Anche Martin era preoccupato. Negli ultimi giorni, sua madre si era fatta più debole di quanto fosse mai stata.

Mary cominciò a salire le scale, ma all'improvviso crollò. Il suo corpo rovinò a terra.

"Mary!" gridò il padre di Martin, correndo al fianco della moglie e prendendola tra le braccia.

"Madre!" Martin corse fuori dalle ombre e raggiunse suo padre, seguito a ruota da Helen.

Sua madre giaceva come un angelo caduto tra le braccia di suo padre, le ciglia che palpitavano come le ali di una farfalla che cercava freneticamente di continuare a volare in mezzo un temporale. Il suo viso cinereo, le labbra pallide e gli occhi velati costrinsero Martin ad affrontare una verità che non aveva mai voluto vedere: i suoi genitori non erano invincibili.

"Vai a chiamare il dottore!" gridò William.

Martin afferrò il cappotto portogli da un lacchè in ansia e corse in strada, dove chiamò una vettura pubblica. Il dottore che conoscevano viveva a pochi isolati dalla loro casa, ma Martin temeva che anche quella breve distanza sarebbe stata troppo. Aveva visto il viso pallido di sua madre e le sue membra prive di forze. Aveva visto la morte.

Edwin Hartwell aveva rubato più della casa di Martin:

aveva preso la vita di sua madre e per quello, un giorno, avrebbe pagato.

CAPITOLO 1

LONDRA, 10 DICEMBRE 1825

Martin Banks detestava il Natale. Era seduto nella sua poltrona al suo club, Brook's, e ascoltava gli uomini che lo circondavano discutere dei balli e degli eventi invernali che si sarebbero tenuti nelle settimane che avrebbero portato alla festa. Martin aprì la sua copia del *Morning Post* e cercò di concentrarsi sugli articoli, ignorando i racconti degli uomini attorno a lui che condividevano ricordi di fortini di neve, pudding di fichi e ricerche del ceppo natalizio.

Sciocchezze. Sciocchezze stupide e sentimentali.

A ventotto anni, Martin aveva superato la sua gioventù spericolata, ma non era ancora abbastanza vecchio per poter guardare a essa con affetto. Gli uomini della sua età stavano santificando la festa con delle spose novelle o dei figli appena nati. Ma non lui. Lui era stato bene attento a *evitare* il matrimonio, il che gli era stato facile durante la prima parte del suo secondo decennio di vita. Dopo la morte di sua madre, suo padre aveva perso la voglia di vivere e le loro vite erano precipitate.

A vent'anni, lui e sua sorella gemella Helen erano rimasti orfani e si erano trasferiti a Bath in cerca di lavoro, lui come impiegato e lei come istitutrice. Nessuno dei due era riuscito a raggiungere il proprio obiettivo. Fortunatamente, Helen si era sposata e suo marito aveva dato sostegno economico a Martin mentre lui si faceva strada nel mondo degli investimenti. All'inizio, quando non aveva avuto molto denaro, le giovani di Bath lo aveva ignorato, nonostante il suo aspetto attraente. Non che a Martin la cosa importasse. Solo alcuni anni dopo, quando aveva guadagnato la sua fortuna, le donne avevano cominciato a vederlo come un potenziale marito, e per allora lui aveva perso ogni interesse a sposarsi.

Non commetterò gli stessi errori di mio padre. Un uomo che non ama nulla non può perdere nulla.

Nel corso degli ultimi otto anni, Martin si era impegnato per farsi un nome come investitore di successo. A differenza di suo padre, aveva avuto molta più fortuna e aveva accumulato un patrimonio considerevole. Ora le donne lo guardavano con palese interesse, che lui era felice di ignorare. Non aveva bisogno di una moglie, ma, a voler essere onesto, aveva bisogno di una nuova amante. A volte, la sua casa da scapolo era un po' solitaria. Sapeva che molti uomini non avrebbero alloggiato l'amante in casa propria e si sarebbero accontentati semplicemente di andarla a trovare. Martin aveva preferito avere le sue compagne vicine a sé che rispettare le regole della società. Considerato che riceveva di rado ospiti, il fatto che le sue amanti fossero solite vivere in casa sua non aveva grande importanza.

Era da un po' che non aveva un'amante sotto il suo stesso tetto. E non amava il fatto che, negli ultimi tempi, i suoi attacchi di malinconia si fossero fatti sempre più frequenti. A volte, l'unica cura era andare a trovare sua sorella gemella, Helen. I suoi due giovani figli, i nipoti di Martin, gli davano una gioia infinita.

"Banks, diavolaccio che non siete altro, dove vi eravate nascosto?" Una voce familiare, gioviale, si fece strada tra i pensieri cupi di Martin. Un uomo dalle guance rubizze, col sorriso pronto, lo fissò da sopra il giornale.

"Rodney!" Martin sorrise a trentadue denti, chiuse il giornale e lo mise da parte. "Unisciti a me per favore." Erano molti gli uomini di cui Martin poteva dirsi amico, ma Rodney era più vicino a un fratello.

"Solo per un poco. Devo accompagnare mia moglie a Bond Street. Dobbiamo fare i regali ai bambini, sai." La gioia di Rodney era evidente dal calore con cui aveva detto quelle parole e dal modo in cui i suoi occhi brillavano di orgoglio paterno. Martin avvertì una sorprendente fitta al petto, ma seppellì il dolore con un altro sorriso.

"Non ti vedo da mesi," disse Martin. "Hai fatto come ti avevo raccomandato per quanto riguarda le tontine?"

Rodney annuì e prese posto vicino a Martin, passando lo sguardo sugli altri uomini presenti nella stanza.

"Certo. Ne ho tratto un bel guadagno. Lo sto ancora traendo, a dire il vero." Rodney si diede una pacca sulla coscia e si mise comodo sulla poltrona.

"Ottimo. Buono a sapersi." Martin conosceva Rodney da otto anni. Quando si erano conosciuti, l'altro uomo aveva avuto la propensione al gioco d'azzardo, ma aveva perso il vizio e si era sistemato molto bene.

"E tu? Dimmi, frequenti ancora quella cantante d'opera? Era davvero incantevole."

Martin ridacchiò. "Stella e io ci siamo lasciati quattro

mesi fa. Mantenerla non era un problema per me, ma c'eravamo stancati entrambi l'uno dell'altra. Quando la scintilla non c'è più, non c'è più," disse sospirando. "Ma ho sentito dire che se la cava molto bene a Parigi."

"Perché non esci con me, questa sera? Ho in programma un incontro con alcuni gentiluomini alle Argyll Rooms. C'è una specie di ballo e penso che organizzeranno anche dei tavoli di faraone e whist."

"Non saprei. Chi è che devi incontrare?"

"Lord Pentwith, il signor Smythebrooke e alcuni altri. Suvvia, Martin, vieni a divertirti un po' questa sera."

Martin si accarezzò pensosamente il mento. "Magari lo farò." Avrebbe potuto sempre andarsene presto, se la serata lo avesse annoiato.

"Splendido. Ci vediamo questa sera alle nove alle Argyll Rooms." Rodney si alzò dalla poltrona e gli diede un'amichevole pacca sulla schiena mentre se ne andava.

Piegando il giornale, Martin decise che era ora di andare. Rivolse un cenno del capo a uno degli addetti alla sala lettura e il ragazzo andò a prendergli cappello e cappotto. Mentre usciva dal club, inalò l'aria fresca e frizzante e guardò in alto, verso il cielo viola e il sole al tramonto, che ammorbidivano la durezza della città al crepuscolo. Nel giro di qualche ora, sarebbe andato alle Argyll Rooms e avrebbe avuto probabilmente l'occasione di conoscere qualche bella signora in cerca di un protettore e benefattore. Era un ruolo che lui sarebbe stato felice di ricoprire per una giovane bella e intraprendente che avesse attirato la sua attenzione.

Quando raggiunse la sua residenza in Park Lane, era ansioso di incontrare nuovamente Rodney. La casa gli era costata trentatremila sterline, ma lui l'aveva abbellita con restauri e arredamento per un valore di altre centomila, per cui si trattava di una dimora molto bella. Qualunque donna avesse incontrato quella sera sarebbe stata entusiasta di condividerla per un po' con lui. La porta si aprì mentre lui si puliva con attenzione gli stivali sul tappetino per liberarli dal ghiaccio del marciapiedi.

"Benvenuto a casa, signore." Il signor Harris, il suo maggiordomo, prese il cappello e cappotto di Martin, passandoli al primo lacchè.

"Buonasera, Harris. Per favore, informa la signora Wilson che questa sera uscirò e che non è necessario che mi prepari la cena."

"Naturalmente, signore. Devo far preparare la vostra carrozza a un orario specifico?"

"Va bene alle otto e mezza." Martin passò lo sguardo sulla casa in stile palladiano, con la sua maestosa scalinata di marmo bianco, immaginando una bella giovane che saliva le scale pronta per il suo letto.

Diamine, era davvero trascorso troppo tempo da quando aveva avuto una donna in casa. Sarebbe stato bello avere una nuova amante, qualcuna che gli scaldasse il letto e gli tenesse compagnia la sera davanti a un bicchiere di Sherry. Tutto ciò gli era mancato molto. Martin salì le scale fino al piano principale ed entrò nelle sue stanze. Il suo valletto, Will Byrd, stava spolverando la collezione di tabacchiere in una teca di vetro. Martin non annusava mai tabacco, ma gli piaceva collezionare quelle delle scatoline laccate. C'era qualcosa, nelle minuscole scene dipinte sulla porcellana, che lo affascinava e lo stupiva.

"Buona sera, Byrd," salutò. Il suo valletto annuì e mormorò una risposta cordiale.

"Questa sera esco. Ordinami un bagno e prepara un completo da sera adatto alle Argyll Rooms."

"Sì, signore. Ah, in serata è arrivata una lettera per voi."

Byrd gli passò la lettera, che lui prese in mano. Martin prese un tagliacarte d'argento dello scrittoio e tagliò il sigillo di cera. Riconobbe subito la grafia di sua sorella.

MARTIN,

Spero che questa lettera ti trovi bene. I bambini mi chiedono insistentemente quando tornerai a trovarci. Quattro mesi senza vederti sono davvero troppi. Gareth e io pensavamo che sarebbe splendido se venissi a trovarci a Natale. So che non ti piacciono le feste, ma io e i bambini saremmo felicissimi se venissi a stare da noi. Ti prego, di' che ci penserai.

Tua,

Helen

"OH, HELEN." MARTIN PIEGÒ LA LETTERA E LA POSÒ sulla scrivania. Aveva giurato di non amare mai niente e nessuno, ma Helen era l'unica eccezione. Era la sua gemella, la persona con cui aveva condiviso il grembo materno. Il loro era un legame infrangibile. Martin aveva degli amici, come Rodney, e dei conoscenti. Ma se quelle amicizie fossero scomparse l'indomani, lui non sarebbe crollato, non come sarebbe accaduto se avesse perso una persona amata come Helen, Gareth o i bambini.

"Molto bene. Mi vuoi a casa per Natale? E a casa verrò." Senza dubbio, Helen aveva intenzione di presentargli qualche altra giovane leziosa di Bath, ma lui non voleva prestarsi agli sforzi di sensale di sua sorella. Non avrebbe permesso alle feste di sciogliere il ghiaccio che gli circondava il cuore.

Nulla poteva farlo.

. . .

SE TI ISCRIVI ALLA MIA NEWSLETTER A QUESTO LINK qui sotto, riceverai un'email quando sono stati rilasciati nuovi libri in italiano.

https://bit.ly/2I9ENkH

SE TI ISCRIVI ALLA MIA NEWSLETTER A QUESTO LINK qui sotto, riceverai un'email quando sono stati rilasciati nuovi libri in italiano.

CAPITOLO 2

MARTIN ENTRÒ ALLE ARGYLL ROOMS, NELLA ZONA EST
di Regent Street, e si guardò attorno. Sulle pareti erano
dipinti degli affreschi che rappresentavano colonne corin-
zie. Lampade greche gli illuminavano la strada mentre
oltrepassava le eleganti porte pieghevoli scarlatte e
raggiungeva il luogo dei festeggiamenti. Gli uomini e le
donne che lo circondavano erano chiassosi. I suoni della
loro allegria rimbalzavano sulle pareti, creando un tale
fracasso da rendergli difficile udire i propri pensieri.

Martin si fermò quando raggiunse la scala principale. Il
panno verde sotto i suoi piedi era coperto da disegni alla
turca. Aveva sempre apprezzato l'eleganza delle Argyll
Rooms e quella sera la situazione non era diversa. Ma piuttosto che guardare il panorama, Martin passò lo sguardo
sulla folla in cerca di Rodney. La folla gioviale e l'entusiasmo dovuto ai piaceri notturni attorno a lui cominciarono a fargli effetto. Un sorriso gli curvò le labbra e si mise
a canticchiare una canzoncina familiare, che un'orchestra
stava suonando nel salone principale.

Poi il suo cuore si fermò e il mondo si inclinò sul suo asse.

Lì, all'entrata della Sala Turca, c'era un uomo che Martin non vedeva da quando aveva diciassette anni. Ebbe la sensazione di essere precipitato all'improvviso da una grande altezza. L'uomo che detestava più di ogni altra cosa al mondo era lì: Edwin Hartwell. In tutti quegli anni, non si erano mai incrociati in un club, a un ballo o una cena, ma Martin non avrebbe mai dimenticato quel viso.

Hartwell non era il tipo che faceva vita sociale, a meno che non avesse annusato un'opportunità di affari; eppure eccolo lì, che parlava con un gruppo di gentiluomini. Una rabbia gelida serrò le viscere di Martin mentre si incamminava verso l'uomo. Gli prudevano le dita dal bisogno di afferrarlo, sbatterlo contro la parete e strangolarlo fino alla morte.

Hartwell stava parlando con trasporto a un uomo che Martin non conosceva. Presto, i due svanirono nella Sala Turca e lui li seguì. La stanza era una novità. Gli eleganti tappeti e tendaggi blu erano messi in risalto da sofà all'ottomana disposti per la stanza. Sotto gli splendidi soffitti affrescati, un'aquila d'oro stringeva un fulmine tra gli artigli. Un enorme lampadario era appeso sotto l'aquila. Tra i divani c'erano tavoli da carte disposti con cura, sui quali erano già in corso delle partite. Tavoli da hazard erano circondati da gentiluomini, la maggior parte dei quali era vestita come pavoni tramutati in dandy, che camminavano impettiti mentre lanciavano dadi. Partite di E.O., faraone, whist e persino *rouge et noir* erano in corso. Hartwell era vicino al tavolo di *rouge et noir*.

Martin si fermò a qualche tavolo di distanza, osservando l'uomo che aveva distrutto la sua famiglia. Tanti anni prima, Hartwell era stato un uomo dall'altezza impressionante, con i capelli scuri e una bocca dalla piega crudele. Un personaggio da incubo agli occhi di un ragazzo.

Ora, i capelli dell'uomo erano striati di grigio, le sue spalle erano un po' curve e il suo viso era segnato da una stanchezza nata dalle tribolazioni. La fredda nobiltà che un tempo si portava dietro come uno scudo era degenerata in una lotta per la sopravvivenza. La sua giacca era troppo larga, come se egli si fosse rimpicciolito, e il tessuto era visibilmente liso. Hartwell non se la cavava bene.

Il cuore di Martin cominciò ad accelerare i battiti. Aveva la sensazione di essere un mastino che aveva sentito l'odore della volpe nell'aria ed era pronto a spillare il sangue.

Un gruppo di uomini abbandonò il tavolo di *rouge et noir*. Hartwell si allungò per puntare sul rosso, l'espressione disperata. Il mazziere diede due colonne di carte e si fermò quando la somma dei punti sul lato nero arrivò a trentuno o più. Quindi, fece la stessa cosa sul lato rosso. I giocatori che avevano scommesso sul nero si rallegrarono e raccolsero le vincite. L'espressione di Arthur crollò ed egli voltò le spalle al tavolo. Passò a un tavolo di whist e si sedette un posto libero. Martin fece la sua mossa, rivendicando il posto accanto a lui. Attese di vedere un'espressione di terrore sul volto di Edwin. O di rabbia. O di qualunque altro sentimento.

"Buonasera," mormorò Hartwell.

Non mi ha nemmeno riconosciuto.

Dopo che Hartwell aveva ucciso sua madre e li aveva buttati in mezzo a una strada al freddo, Martin non era per lui nemmeno un vago ricordo. Per un attimo, il pensiero gli bruciò come fuoco nel petto, ma poi si rese conto che avrebbe potuto approfittarne. Poteva giocare contro quell'uomo e vincere. Gli uomini disperati, come il ragazzo che lui era stato un tempo, non giocavano mai bene. Quando un uomo aveva qualcosa da perdere, era nervoso e meno concentrato.

Un uomo si sedette di fronte a lui, che sarebbe stato il suo socio, e un altro prese posto davanti a Hartwell. Il gioco ebbe inizio. Mentre le carte venivano distribuite, tredici a ciascun giocatore, Martin trattenne il fiato e osservò attentamente il suo socio in cerca di indizi e segnali. Presto, acquisirono un vantaggio di punti.

"Scommesse, per favore," chiese il mazziere. Martin estrasse diverse banconote da cento sterline e sul tavolo calò il silenzio. Un attimo dopo, gli altri due uomini aggiunsero somme equivalenti e tutti guardarono Hartwell. L'uomo più anziano si morse il labbro e guardò Martin.

"Accettate un pagherò?"

Martin sorrise lentamente all'arrivo dell'occasione che aveva aspettato.

"Certo." Rivolse un cenno di approvazione al mazziere e gli altri uomini fecero lo stesso. Il cosiddetto pagherò non era altro che una cambiale.

Era proprio ciò che voleva Martin: che Hartwell fosse in debito nei suoi confronti.

Il mazziere distribuì una mano di carte a ciascun uomo e la cifra incrementò ulteriormente quando vennero fatte ulteriori scommesse. Martin e il suo socio acquisirono nuovi punti. Quando il piatto superava ormai le mille sterline, le mani di Hartwell tremavano visibilmente. Quando fu rivelata l'ultima carta, il viso dell'uomo perse colore ed egli posò le carte sul tavolo.

"Mi dispiace," mormorò. "Non posso giocare."

Gli uomini al tavolo si immobilizzarono e il mazziere dichiarò Martin e il suo compagno vittoriosi.

"Vi pagherò metà della cifra dovuta da quest'uomo," disse Martin al suo socio mentre si alzavano dal tavolo. L'uomo lanciò un'occhiata al viso cinereo di Hartwell e annuì. Il socio di Hartwell sospirò e pagò quello che doveva, mentre Martin rimborsò immediatamente il suo socio per la parte del debito di Hartwell a lui dovuta.

"Grazie, signor..." Hartwell inclinò la testa verso Martin.

"Martin Banks."

"Banks? Ci conosciamo?" Gli occhi dell'uomo più maturo scrutarono i suoi, cercando un ricordo che però non riuscirono a trovare.

Martin gli lanciò un'occhiata gelida. "Sì. Ci conosciamo. Domani sera verrò a trovarvi; allora parleremo del vostro debito."

"Banks?" Era chiaro che Edwin non era ancora riuscito a collegare. Martin avrebbe lasciato che ci rimuginasse sopra per tutta la notte.

Il sangue gli pulsava nelle orecchie mentre cercava di mantenere il controllo.

"Dovreste preoccuparvi del modo in cui riscuoterò il debito."

È dove voglio che sia. Ucciderlo ora non servirebbe a nulla.

Hartwell barcollò, rovesciando la sedia. "Per favore, posso trovare un modo per pagarvi."

"Per favore!" Hartwell lo afferrò per la manica.

Martin fissò la mano dell'uomo e Hartwell lo lasciò andare immediatamente. "Come ho già detto, verrò a trovarvi domani sera," ripeté. "Parleremo allora del pagamento." Martin si allontanò, le mani che tremavano mentre cercava di tranquillizzarsi.

Presto avrebbe avuto la sua vendetta.

&

LAVINIA HARTWELL ERA APPOLLAIATA SU UN DIVANETTO sotto una finestra che dava su Duke Street, con un libro in una mano e una tazza di tè nell'altro. Era persa tra le pagine di un sensazionale romanzo gotico, *Lady Leticia e il Duca Oscuro* di L.R. Gloucester.

Lavinia, o Livvy – come preferiva essere chiamata – trovava quei due personaggi particolarmente interessanti. C'era qualcosa di splendido in un uomo dalla bellezza cupa che si ritrovava a ricoprire con riluttanza il ruolo dell'eroe e in una giovane donna che lottava coraggiosamente per salvarsi da un crudele marrano. La vita di Livvy non era interessante come ciò che accadeva tra le pagine del romanzo che aveva in mano.

A diciott'anni, aveva appena vissuto la sua prima Stagione e non aveva conosciuto un gentiluomo che le ricordasse il cupo duca del romanzo. C'erano molti uomini piacevoli, naturalmente, e fin troppi libertini. C'era anche l'occasionale farabutto, ma nessuno aveva attirato la sua attenzione. Sapeva che quell'atteggiamento era un po' sciocco, ma sperava di innamorarsi follemente di un uomo come era successo a Leticia. Sua madre l'aveva avvisata: la maggior parte dei matrimoni contratti in Inghilterra non erano matrimoni d'amore. Era così che andavano le cose.

Ma io ne vorrei uno.

Sollevò lo sguardo dal libro e guardò attraverso le pesanti e vecchie tende della finestra di fronte a cui era seduta. Le strade buie fuori dalla finestra erano ora illuminate da alcuni lampioni a gas dalla luce tremolante che creavano un'atmosfera irreale. Livvy chiuse il libro e finì il tè. Proprio mentre si alzava, udì suo padre lanciare un grido in corridoio.

"Elizabeth! Lui è qui!" La voce di Edwin tuonò talmente forte che la porta della biblioteca tremò.

Livvy corse fuori dalla biblioteca e si fermò in cima alle scale. Suo padre stava discutendo animatamente con sua madre vicino al foyer. Livvy tese le orecchie per origliare.

"Edwin, come hai potuto permettergli di venire qui?" scattò Elizabeth. "Ieri sera avevi promesso che avresti avuto successo alle Argyll Rooms, ma hai perso tutto quello che abbiamo. Non voglio quell'uomo in casa mia!" Il volto di sua madre era pallido ed ella stava torcendo disperatamente un fazzoletto tra le mani, devastando il fragile pizzo.

Ha perso tutto? All'inizio, le parole non ebbero alcun significato per lei. Livvy cercò di trovare loro un'interpretazione sensata.

"È *tutto* suo, ora, Elizabeth. Non posso rifiutargli l'ingresso. Implorerò la sua clemenza." Il padre di Livvy rivolse un cenno del capo al maggiordomo. "Accompagnalo in salotto, Howell."

Howell, il loro maggiordomo, aprì frettolosamente la porta per permettere l'ingresso a quell'araldo di disgrazie.

Livvy si nascose dietro il corrimano, colta da un improvviso bisogno di non essere vista. La conversazione tra suo padre e sua madre la tormentava ancora. La sera prima, suo padre aveva perso al gioco tutto ciò che possedevano? Un terrore gelido la afferrò, mozzandole il fiato.

Avrebbero portato via tutto. *La mia casa, i miei vestiti... i miei libri?*

Qualunque possibilità lei avesse avuto di contrarre un buon matrimonio in quella Stagione era ormai rovinata. Suo padre era un semplice gentiluomo, sebbene sua madre fosse la figlia di un duca, la qual cosa rendeva Livvy la nipote di un duca e, di conseguenza, un ottimo partito. Sebbene non potesse ereditare il titolo del nonno, le parentele della famiglia con dei membri dell'aristocrazia erano sempre bene accette. Ma lo scandalo provocato dalla loro caduta in miseria avrebbe macchiato anche quelle.

Suo nonno, il duca di Sussex, era un uomo magnifico e molto amato. Perché i suoi genitori non avevano chiesto il suo aiuto? Il duca aveva permesso alla madre di Livvy di sposarsi per amore. Di certo non si sarebbe rifiutato di aiutare la figlia se questa avesse avuto problemi economici. Livvy si morse dolorosamente il labbro. Forse il problema era l'orgoglio di sua madre.

Howell aprì la porta e Livvy sbirciò dal suo nascondiglio tra le ombre mentre un uomo entrava in casa sua. I capelli dorati di costui erano stupefacenti e i suoi lineamenti erano quelli di un angelo caduto o di uno degli eroi di Byron.

"Da questa parte, signor Banks. Il mio padrone vi riceverà subito." Howell accompagnò l'uomo in salotto. Livvy cercò con lo sguardo i suoi genitori, ma erano già entrati nello studio di suo padre.

Un attimo dopo, suo padre apparve e, altrettanto rapidamente, scomparve in salotto. Howell rimase con le spalle alla porta, come una sentinella. Livvy abbandonò il suo nascondiglio e scese di corsa le scale. Quando Howell la vide, si portò un dito alle labbra. Quindi, il maggiordomo annuì e si fece da parte per cederle il posto. Livvy premette l'orecchio contro la porta e ascoltò la conversazione.

"Come ho detto ieri sera, signor Hartley, sono in possesso di una promessa di pagamento di quattromila sterline recante la vostra firma. Voglio che voi e vostra moglie lasciate questa casa entro domani; la venderò entro

Natale, per recuperare la cifra che mi è dovuta. Se non sbaglio, questa casa è ancora parzialmente di proprietà della Drummonds."

"Sì." Il padre di Livvy rispose con voce bassa, rotta.

"Rileverò l'ipoteca dalla banca, quindi venderò la casa," disse Banks, in tono calmo e tranquillo. Senza emozioni.

Livvy sapeva di dover intervenire. Di certo, quell'uomo aveva ancora un barlume di decenza e di compassione in sé. Spalancò la porta del salotto ed entrò di corsa.

"Per favore!" esclamò quando si ritrovò di fronte all'uomo in piedi davanti al caminetto. Costui era più alto di quanto lei si fosse resa conto, al punto da torreggiare su di lei quando Livvy si avvicinò. I suoi penetranti occhi azzurri brillavano alla luce del fuoco.

"Per favore," ripeté lei a voce più bassa, il cuore che ora le martellava nel petto. "Date tempo a mio padre di ripagare il suo debito. Siamo quasi a Natale..." Temette che la sua preghiera avesse incontrato orecchie sorde quando Banks continuò a fissarla. Le ampie spalle dell'uomo e i suoi abiti pregiati raccontavano la sua ricchezza. Di certo non aveva bisogno del loro denaro. Livvy si sentiva decisamente giovane e sciocca a stargli di fronte in un abito vecchio di due anni, il cui orlo era stato rifatto due volte e i cui colori era sbiaditi a causa dell'eccessivo utilizzo. In passato, ciò non le aveva dato fastidio, ma ora? Ora si sentiva molto stupida di fronte a un uomo attraente e ben vestito come il signor Banks.

Lo sguardo dell'uomo si soffermò su di lei, passando dal suo viso fino alle sue scarpe e poi risalendo, e lei avrebbe potuto giurare di riuscire quasi a sentire mani invisibili che la toccavano.

"Hartwell, chi è questa *splendida* creatura?" Le labbra

del signor Banks, prima contratte in una linea sottile, ora si ammorbidirono in un sorriso lento e seducente.

"È mia figlia Lavinia."

"Livvy," lo corresse automaticamente lei. Il suo viso fu avvolto da un'ondata di calore.

"Vostra figlia..." mormorò Banks mentre appoggiava una mano al caminetto di marmo. "Questo cambia tutto."

La speranza sbocciò dentro di lei, che cominciò a sorridere.

"Allora mi concederete del tempo per ripagarvi?" Il padre di Livvy le si avvicinò mentre parlava al signor Banks, appoggiando una mano sulla sua spalla.

Lo sguardo di Banks si posò su di lei, quindi scivolò su suo padre. "No."

"Ma—"

L'uomo interruppe Livvy mentre proseguiva. "Ho deciso di accettare una forma diversa di pagamento, che vi permetterà di conservare la vostra casa."

Le dita del padre di Livvy le affondarono nella spalla. "No. Tutto, ma non questo," ringhiò. "Prendetevi la casa."

"Tutto tranne cosa?" volle sapere Livvy. Non riusciva a capire perché suo padre fosse turbato.

"Voi, mia cara," disse tronfio Banks. "Vuol dire tutto tranne *voi*."

Livvy cercò di contrastare lo stupore. "Io? Ma come potrei ripagarvi?" Il signor Banks intendeva forse dire che, se lei si fosse sposata presto, avrebbe potuto convincere suo marito a ripagare i debiti di suo padre?

"Siete deliziosamente innocente. Che cosa incantevole." Il tono di voce di Banks era carico di un divertimento sarcastico che la rese furiosa.

"Prendetevi la casa, Banks. Non potete avere lei. Ha

delle prospettive di matrimonio e una buona vita davanti a sé." Il padre di Livvy si frappose fra lei e Banks.

Banks tamburellò con le dita sulla mensola del caminetto e si voltò nuovamente verso il fuoco. "Potrei distruggere quelle prospettive. La mia portata è più ampia di quanto voi vi rendiate conto."

"Sì, ora lo so. Voi siete il figlio di William Banks, vero?" chiese il padre di Livvy.

"Finalmente ci siete arrivato."

Livvy non capiva e passò lo sguardo tra i due uomini, confusa.

"Chi è William Banks?" Per un attimo, Livvy pensò che né suo padre né il signor Banks le avrebbero risposto.

"Era un uomo che doveva del denaro a vostro padre. Vostro padre ci cacciò di casa. Mia madre morì quella notte, pochi minuti dopo che lui ci ebbe rovinato. Me la portò via e ora la giustizia ha voluto darmi la possibilità di ricambiare il favore e di portare via qualcosa a lui. Quel qualcosa siete voi, mia cara."

Le parole dell'uomo la lasciarono sconvolta. Lo sguardo di Livvy corse tra suo padre, che sembrava devastato dall'angoscia, e quell'uomo freddo e spassionato, il signor Banks. Livvy osservò il bel profilo di costui e solo allora capì cosa egli aveva proposto. Voleva *lei*, non il denaro di un ipotetico futuro marito. E c'era un solo motivo per cui un uomo nella sua posizione avrebbe potuto volere lei quando era chiaro che non aveva intenzione di sposarla.

Livvy soffocò la paura meglio che poté e assunse un'espressione composta. "Se mi prenderete, considererete pagati appieno i debiti di mio padre?" chiese. Il suo corpo tremava mentre lei veniva a patti con ciò che stava pensando di fare: dare se stessa a quell'uomo per salvare la sua famiglia.

"Livvy, assolutamente no." Suo padre la guardò, paura e rabbia negli occhi. Lei lo oltrepassò con uno spintone per trovarsi faccia a faccia con il signor Banks.

"Dunque?" chiese.

L'uomo incrociò le braccia, accigliandosi leggermente. "Sì. Voi in cambio dell'intero debito." Il suo sguardo arse in lei con tale intensità da farla rabbrividire dal terrore.

Livvy si schiarì la voce. "Quali sono le vostre condizioni?"

L'uomo si accarezzò il mento e parve meditare sulla questione, ma lei capì che aveva già una risposta. "Sarete mia fino a quando io non mi stancherò di voi."

Viticci di ghiaccio si avvolsero attorno a lei, paralizzandola. Quanto ci sarebbe voluto perché il signor Banks si stancasse di lei e la rimandasse a casa?

"No," esclamò suo padre. "Lei non verrà con voi. Livvy, vai nel mio studio e resta con tua madre."

Livvy avrebbe voluto poter obbedire a suo padre. Più di ogni altra cosa al mondo, voleva fuggire dall'orrore a cui stava acconsentendo. Ma non era più una bambina. Non poteva nascondersi dietro le gonne di sua madre e lasciare che la sua famiglia e la sua casa venissero rovinate. I suoi genitori avevano sacrificato molto per lei, nel corso degli anni. Era suo dovere ricambiare quella devozione.

"No, padre," disse a bassa voce, per poi guardare il signor Banks negli occhi. Il sangue le pulsava talmente forte nelle orecchie che lei riusciva a malapena a sentire la propria voce. "Accetto le vostre condizioni."

CAPITOLO 3

"Livvy, non te lo permetterò." Suo padre la afferrò per le spalle e le diede uno scossone.

"Papà, *devo* farlo. Non posso permettere che tu e la mamma veniate buttati in mezzo alla strada Posso salvarvi." Lanciò un'occhiata al signor Banks e vide che sogghignava, come se il suo dilemma famigliare fosse in qualche modo divertente per lui.

"La signora ha fatto la sua scelta, Hartwell. Viene con me. Stanotte."

"S-stasera?" Livvy si strozzò con quella parola.

"Sì, stasera."

La fredda replica del signor Banks le fece girare la testa. "Non sono pronta. Non posso–"

"Stasera," ripeté l'uomo. "Potete riempire una borsa da viaggio, ma portate solo pochi vestiti. Non ne avrete bisogno. Vi fornirò io un abbigliamento adeguato alla posizione di mia amante. E non vivrete in una casa separata: condividerete la mia dimora, in modo che io possa avervi a mia disposizione."

"Banks, razza di bastardo!" Il padre di Livvy spiccò un

balzo, i pugni sollevati. Il signor Banks pareva altrettanto pronto a picchiare.

Livvy balzò tra i due, appoggiando una mano sul petto di suo padre e una su Banks per tenerli separati. "No! Signor Banks, potrei parlare da sola con mio padre, per favore?"

L'uomo abbassò i pugni e si tirò il gilet per raddrizzarlo.

"Sì. Io torno alla mia carrozza, qui fuori. Raggiungetemi quando sarete pronta."

"Arriverò subito," promise lei, incontrando lo sguardo dei freddi occhi azzurri dell'uomo. Lui accettò con un rapido cenno del capo, quindi uscì dalla stanza.

"Livvy..." La voce di suo padre si intenerì. L'uomo le appoggiò le mani sulle spalle e la attirò in un forte abbraccio. "Non devi andare."

Lei ricambiò l'abbraccio, ma aveva già deciso.

"Devo farlo, papà. Lui ci toglierà la casa. So che tu e la mamma avete risparmiato, negli ultimi anni, ma non è bastato, vero? Abbiamo perso la maggior parte della servitù secoli fa, possiamo a malapena permetterci dei vestiti nuovi e–"

"Lo so." Suo padre la interruppe, ma non bruscamente. Angoscia e rammarico smorzavano la luce nei suoi occhi. "Ma la colpa è mia. Io dovrei essere punito, non tu. Ho commesso un errore, molti anni fa. Mi sono preso la sua casa. Suo padre mi doveva quasi ottomila sterline e io..." Le parole gli morirono in gola. "Ero disperato. Avevo dei debiti da pagare, per cui li ho sfrattati. Banks doveva essere solo un ragazzo, allora, di diciassette o diciotto anni."

"Tu... tu gli hai fatto una cosa del genere?" L'orrore afferrò il cuore di Livvy, che non riuscì a incrociare lo sguardo di suo padre.

"Sì. Ho sbagliato, ma ormai è troppo tardi per fare ammenda. Quell'uomo là fuori non mi perdonerà *mai*. Non devi andare con lui. Sarà crudele. Potrebbe..." Edwin non concluse la frase.

"Non credo che la sua crudeltà sia di tipo fisico, papà." Era una sensazione, forse una sciocca speranza, ma c'era qualcosa nel signor Banks che sembrava suggerire che egli fosse dotato più di una lingua tagliente che di un pugno brutale. E Livvy poteva affrontare una lingua.

"Papà, tu ti sei preso cura di me per tutti questi anni. Lascia che sia io ad aiutarti, ora." Lo baciò sulla guancia e fuggì dal salotto prima che lui potesse fermarla.

Corse al piano di sopra, cercando di pensare a tutto ciò che doveva mettere in valigia. Quando arrivò in camera sua, prese una borsa da viaggio dall'armadio e cominciò a riempirla con calze, sottovesti, tre vestiti, un piccolo specchietto, spille per capelli, stivali neri e un paio di pantofole. Avrebbe dovuto farselo bastare. Poi trasportò la borsa al piano di sotto e si fermò mentre passava di fronte alla biblioteca. Un libro! Doveva prenderne uno. Sarebbe stato il suo unico amico, la sua unica via di fuga. Prese il libro che stava leggendo, *Lady Leticia e il Duca Oscuro*, e lo ripose con cura nella borsa da viaggio. Quindi, raggiunse la porta d'ingresso.

Suo padre apparve sulla soglia del salotto, gli occhi velati di lacrime e il volto pallido. Livvy posò la borsa e andò a dargli un ultimo abbraccio.

"Andrà tutto bene, papà. Ti scriverò dopo essermi sistemata."

"Non andare. Resta," implorò di nuovo suo padre, appoggiandole una mano al viso. Lei gliela accarezzò prima di scacciare le lacrime e fare un passo indietro.

"Di' alla mamma di non preoccuparsi." Ciò detto, Livvy scese di corsa i gradini fino alla carrozza che la attendeva.

Un bel giovane prese la sua borsa da viaggio, che assicurò al retro della carrozza, prima di aprire la portiera e aiutarla a salire. Livvy prese posto di fronte a Banks. L'uomo la guardava con occhi velati. Livvy riusciva a malapena a distinguerlo nella luce soffusa.

"E così, vostro padre ha ceduto, eh? Ho sempre saputo che era un vigliacco." Le parole sprezzanti dell'uomo lacerarono ancora più profondamente il cuore di Livvy. Senza riflettere, lei si sporse in avanti e lo schiaffeggiò.

"Sono stata io a scegliere di venire con voi. Non vi permetto di parlare in questo modo di mio padre. Siete *voi* il vigliacco, a ricattarlo in questo modo."

Banks si toccò la guancia e fulminò Livvy con lo sguardo. "Vostro padre ha provocato la morte di mia madre. Dirò quello che voglio di lui."

La madre del signor Banks era morta... Livvy si morse il labbro, incerta su cosa dire. Non voleva accettare l'idea che suo padre avesse fatto una cosa del genere.

Entrambi tacquero per un lungo istante prima che signor Banks parlasse, questa volta con voce più bassa.

"Non parleremo di lui quando voi sarete con me."

"Grazie." Livvy non aveva la sensazione di aver vinto una battaglia, ma quanto era accaduto le diede il coraggio di cercare di negoziare ulteriormente.

"Sono venuta di mia spontanea volontà e desidero stabilire i termini del nostro accordo."

Il signor Banks si sporse leggermente in avanti. "I termini sono già stati stabiliti, ma vi ascolto."

"Non direte a nessuno del mio soggiorno presso di voi. Devo salvare quel poco di faccia che posso se voglio sposarmi dopo la fine di questo... interludio." Livvy si interruppe e, quando il signor Banks non disse nulla, proseguì. "So che è impossibile non essere visti in società, ma vi chiedo di non dare sfoggio di me come se fossi un pony pregiato. E se dovessimo uscire in società, avrò bisogno di abiti decenti. Quello che ho portato con me non è adeguato. Non mi serve nulla di costoso: mi basteranno degli abiti funzionali, anche pochi." I suoi indumenti lisi avrebbero attratto molta più attenzione dell'uomo che avrebbe accompagnato. In un certo senso, una donna povera era peggio di una donna caduta. Gli uomini vedevano due generi di disperazione molto diversi in quelle donne. Di una si poteva approfittare con reciproco beneficio, dell'altra no.

"C'è altro?" chiese il signor Banks.

"Vi chiedo di non tenermi imprigionata tutti i giorni in casa. Vorrei avere la libertà di uscire, di prendere un po' d'aria fresca e di non restare intrappolata per tutto il giorno in una camera da letto." Livvy non intendeva lasciarsi trattare come un giocattolo sessuale. Aveva bisogno di un minimo di libertà, o sarebbe impazzita.

"Mi sembra ragionevole."

"Infine, come ultima richiesta: dopo che ci saremo separati, non ci cercheremo mai più. Non voglio che nulla mi ricordi i giorni trascorsi insieme. E penso che lo stesso valga per voi."

Martin le tese la mano. "Sono termini piuttosto fattibili. Accetto."

Livvy gli strinse la mano, sollevata. La situazione era più tollerabile, ora che aveva recuperato un po' di controllo della sua vita. L'uomo non le lasciò subito la mano e lei rimase turbata dal calore di quella di lui e da quanto bene combaciavano i loro palmi. Alla fine, lei sciolse la presa e lui la lasciò andare.

"Questa sera mi assicurerò che siate a vostro agio. Domani vi comprerò dei vestiti più appropriati alla vostra nuova posizione."

Quella di sua amante... Livvy chiuse gli occhi, il cuore che batteva all'impazzata. Quando li riaprì, il signor Banks la stava guardando di nuovo. Lei si mosse irrequieta.

"Sappiate che non intendo costringervi a condividere il mio letto."

Quelle parole la colsero alla sprovvista. "Ma pensavo che...?"

"Sì, voi sarete la mia *amante*, ma questo genere di relazione non si riduce alla sola camera da letto. E, in tutta franchezza, non ho alcun interesse in una partner recalcitrante. Trovo la sola idea... sgradevole."

Livvy non sapeva cosa dire, ma prima che potesse sentirsi troppo a suo agio, l'uomo le rivolse un sorriso da lupo.

"Ma..." Lo sguardo di lui si fissò sulla sua bocca. "Sono certo che, col tempo, soccomberete al mio fascino. Non ho mai lasciato un'amante insoddisfatta." L'orgoglio con cui egli fece quell'affermazione spinse Livvy a mordersi la lingua per non dire ciò che pensava davvero. Non c'era *nulla* che egli potesse fare per convincerla a farselo piacere, figurarsi ad andarci a letto, non importava quanto l'uomo fosse attraente. Quella era una transazione d'affari. Poiché Banks aveva scelto la strada difficile e di non usarle violenza, lei avrebbe avuto un'opinione migliore di lui alla fine di quell'incubo. Nient'altro.

La carrozza si fermò davanti a una casa in Park Lane. Il signor Banks scese per primo dalla carrozza e tese la mano a Livvy. Lei sollevò il mento con aria sprezzante e si appoggiò alla portiera della carrozza.

L'uomo sbuffò con palese dispiacere. "Non fate la sciocca." La afferrò per la vita e la tirò fuori. Livvy gemette quando il signor Banks la sollevò con facilità e la posò a terra. Tremò quando i loro corpi furono premuti l'uno contro l'altro. Non era mai stata così vicina a un uomo sconosciuto. Era un'esperienza elettrizzante ed entusiasmante, eppure lei *non* voleva stare vicino a lui. Quell'uomo era un depravato, per quanto fosse attraente.

Livvy si rimproverò silenziosamente per aver permesso all'aspetto del signor Banks di distrarla. Non c'erano scuse per il comportamento dell'uomo. Tuttavia, non poteva dimenticare ciò che egli aveva detto che suo padre aveva fatto. Livvy amava suo padre, pur sapendo che egli aveva gettato quell'uomo in mezzo alla strada e condotto la madre di lui a una morte prematura.

Se posso perdonare mio padre, forse posso anche imparare, se non altro, a tollerare quest'uomo. Il suo corpo era più che pronto a tollerarlo. Si sentiva una ragazzina sciocca appena uscita dalla stanza dello studio, pronta a svenire di fronte al bell'aspetto di Banks, e disprezzava quella parte di sé che era attratta da lui in maniera tanto inspiegabile.

"Lasciatemi andare, per favore." Aggiunse *per favore* solo per sembrare a suo agio. L'uomo poteva anche averla convinta ad accettare di diventare la sua amante, ma lei non intendeva mostrare paura.

Banks la tenne stretta ancora per qualche istante, quindi la lasciò andare. Si voltò verso la casa e salì i gradini. Un maggiordomo gli aprì la porta e i due uomini ebbero una breve conversazione, con il maggiordomo che le lanciò un'occhiata prima che Martin entrasse senza nemmeno guardarsi alle spalle. Un lacchè scese i gradini e prese la borsa da viaggio di Livvy, per poi rientrare di corsa.

Livvy fissò la bella facciata palladiana del luogo in cui

sarebbe rimasta fino a quando Banks non si sarebbe stancato di lei.

Spero che si stanchi di me prima, piuttosto che poi. Se egli lo avesse fatto, lei sarebbe potuta tornare a casa. A casa e alla sua vita, anche se essa sarebbe stata macchiata dallo scandalo una volta che Londra avesse saputo che lei era passata da debuttante innocente a donna caduta. Non voleva pensare allo scandalo che sarebbe scoppiato se qualcuno avesse scoperto che lei viveva con lui in quella casa, piuttosto che essere stata piazzata in un nido d'amore in una zona diversa di Londra.

Sollevò le gonne e salì i gradini della sua nuova casa. La sua gola si serrò e lei cercò di non piangere. Non gli avrebbe dato la soddisfazione di vedere le sue debolezze. Mentre entrava in casa, si ritrovò faccia a faccia con un uomo dall'aria amichevole: il signor Harris, che si presentò come il maggiordomo.

"Se doveste aver bisogno di qualcosa, vi basterà informare il sottoscritto o la signora Wilson, la governante," disse il servitore. "Il padrone mi ha riferito che avrete bisogno di una cameriera personale. Di voi si occuperà Mellie, una delle nostre migliori cameriere del piano di sopra."

"Grazie." Livvy si guardò attorno nell'ingresso, ma il signor Banks era già sparito. Si rilassò un poco. Forse, l'uomo l'avrebbe lasciata in pace, quella notte. Poteva solo sperarlo. Non aveva alcun interesse nel vedere il suo 'fascino' quella notte.

"Posso accompagnarvi nelle vostre stanze, signorina Hartwell?"

"Sì, grazie." Livvy seguì il maggiordomo fino al secondo piano. Il servitore aprì la porta della prima stanza in cima alle scale. Il fiato di Livvy si mozzò. La stanza era decorata in stile egizio. La struttura del letto aveva dei geroglifici intagliati nel mogano e motivi a ninfee e fiori di loto dipinti a mano coprivano le pareti. Il mobile da toeletta aveva delle sfingi come gambe ed era posto vicino a un grosso bovindo. Drappi di ricca mussola blu pendevano dal baldacchino sopra il letto e un copriletto abbinato era ricamato con leoni, serpenti, sfingi e coccodrilli.

"Santo..." Livvy esalò quella parola, stordita dal mobilio squisito e dalle decorazioni stravaganti. Chiunque avesse dormito in quella stanza avrebbe sognato di essere Cleopatra in attesa di una visita da parte del suo amante, Giulio Cesare. Per un breve istante, la sua mente si colmò di immagini di lei che giaceva su quel letto in uno scandaloso abito egizio e di un uomo che stava sopra di lei, intento a togliersi un pettorale di bronzo per rivelare un petto altrettanto cesellato... un uomo che aveva l'aspetto di Banks. Arrossendo di fronte a quell'esplosione di immaginazione erotica, Livvy voltò le spalle al signor Harris.

"La stanza è adeguata?" chiese il maggiordomo.

"Sì." Livvy si schiarì la voce. "È decisamente del giusto livello."

"C'è un cordone accanto al letto. Per favore, tiratelo nel caso doveste aver bisogno di qualcosa." Lo sguardo di Harris era caloroso e gentile, e conteneva una nota di compassione, come se l'uomo sapesse che lei non era lì perché voleva esserlo. Livvy non riuscì a non chiedersi se lei non fosse la prima donna che Banks aveva ricattato per costringerla a stare lì.

"Grazie, signor Harris. Vi recherei molto fastidio se vi chiedessi del tè e biscotti? Sono molto affamata."

"Certo che no." Il maggiordomo si inchinò e attese l'ingresso del lacchè prima di uscire. Il giovanotto appoggiò la borsa di Livvy sul letto.

"Vi disfo i bagagli, signorina, o preferite aspettare una cameriera?" chiese cordialmente il servitore.

"Oh, no, posso pensarci da sola. Ma grazie." Non voleva che l'uomo vedesse le sue calze strappate e rammendate o i tessuti sbiaditi dei suoi vestiti. La vergogna le afferrò la gola. Se fosse stata costretta a indossare i suoi abiti modesti, lui e il resto della casa avrebbero visto quanto Livvy fosse inadatta a trovarsi in una casa del genere; ma voleva rimandare quel momento il più a lungo possibile.

"Molto bene. Buona notte, signorina." Il lacchè la lasciò sola e Livvy aprì la borsa da viaggio. La vista del libro fu la benvenuta.

Lo prese in mano e se lo strinse al petto. "Il mio unico amico."

"Il vostro unico amico?" Livvy si voltò e si ritrovò di fronte il signor Banks, che ora era sulla soglia, appoggiato allo stipite. Le lampade del corridoio fuori dalla stanza di Livvy tracciavano i contorni della sagoma dell'uomo. La luce intensificava l'aria predominante di Banks e lei rabbrividì, facendo un passo indietro. Urtò il letto alle sue spalle e raggelò quando si rese conto di non poter indietreggiare senza salirci sopra.

"Dite che il vostro unico amico è un libro? Che tristezza." L'uomo si spinse via dalla porta. Non poteva essere lì da molto, ma l'aveva sentita parlare da sola.

"Dev'essere un libro molto interessante, per stringervelo al petto con tanta gelosia. Fatemelo vedere."

L'uomo le tese la mano. Per un attimo, Livvy ebbe paura che glielo avrebbe strappato di mano e lo avrebbe gettato nel fuoco.

"Non ve lo toglierò. Meritate qualche conforto fintanto che sarete qui. Ho una grande biblioteca in fondo al corridoio; è a vostra disposizione." Banks tese la mano. "Posso?"

Con un respiro tremante, Livvy gli porse il romanzo. L'uomo esaminò la costa e rise a bassa voce.

"Un romanzo gotico? Sapete, non ne ho mai letto uno. Li ho sempre trovati piuttosto frivoli."

"Non sono frivoli," ribatté Livvy, per poi fermarsi.

Non dovrei rispondergli. L'ultima cosa di cui ho bisogno è farlo arrabbiare. Capiva, dalla corporatura del signor Banks, che egli avrebbe potuto facilmente farle del male se si fosse arrabbiato, ma aveva la sensazione che l'uomo non avrebbe usato il corpo contro di lei, ma le parole.

Gli occhi fissi su di lei, le labbra dell'uomo formarono una linea sottile prima che lui parlasse. "Non vi farò del male, signorina Hartwell, se è questo ciò che temete. Sentitevi libera di esprimervi. Non mi è mai piaciuto che le mie amanti fossero timide e remissive."

Livvy era molte cose, ma sebbene non fosse una chiacchierona, non era nemmeno timida o remissiva. "Forse dovreste leggerlo, signor Banks. Un romanzo gotico può entusiasmare, e questo autore è molto bravo."

L'uomo aprì il libro e lesse un paragrafo prima di chiuderlo. "Ah, ma se io prendessi questo libro e lo leggessi, voi perdereste il vostro unico amico. Che ne direste se vi accompagnassi in biblioteca? Potrete scegliere un altro libro che vi faccia compagnia mentre io prendo a prestito questo."

La gola di Livvy si serrò mentre lei seguiva l'uomo. La biblioteca, che era in realtà una camera da letto convertita in un mondo di storie, distava solo tre porte della sua stanza ed era molto più grande di quanto lei si fosse aspettata. Scaffali colmavano le pareti dal pavimento al soffitto e ciascuno di essi era pieno di libri. Un paio di poltrone e un tavolo da lettura erano posti vicino al caminetto. Era una stanza comoda e invitante. Livvy si recò immediatamente agli scaffali e lesse i titoli fino a quando non trovò un libro che aveva già letto in passato: *Northanger Abbey* di Jane Austen. Era una satira sui romanzi gotici, ma quella sera lei avvertiva fortemente il bisogno del conforto che le avrebbe dato la giovane eroina, Catherine Moreland.

Banks la raggiunse allo scaffale, il calore del corpo vicino al suo. "Cosa avete scelto?" chiese.

Livvy si irrigidì, aspettandosi che lui la toccasse. Quando ciò non avvenne, si voltò a fronteggiarlo.

Banks doveva proprio essere così attraente?

"Dunque?" chiese l'uomo a voce più bassa. I suoi occhi si abbassarono sulle labbra di Livvy, che si affrettò a sollevare il libro tra di loro a mo' di scudo. Il signor Banks glielo prese di mano e lo esaminò.

"Austen? Non è una scelta malvagia." L'uomo le restituì il libro.

"Austen è una scrittrice fantastica," obiettò lei. La lode tributata dall'uomo alla scrittrice le sembrava troppo debole.

Il signor Banks appoggiò la spalla allo scaffale accanto a lei e il suo sorriso si allargò. "Sono d'accordo"

Livvy svicolò. Non le piaceva per nulla che il suo corpo avvampasse ogni volta che gli era così vicina.

"Posso ritirarmi?" chiese senza guardarlo.

"Venite qui, prima."

Col cuore che martellava, Livvy si rimise di fronte a lui. Banks sollevò una mano per prenderle il mento.

"Vi ruberò un bacio della buona notte. Se non doveste gradire, potete pure schiaffeggiarmi. Non me la prenderò con voi, ve lo prometto." L'uomo le passò l'altro braccio attorno alla vita, premendola contro di sé in modo che i loro corpi fossero stretti l'uno contro l'altro.

Livvy chiuse gli occhi e sentì le labbra dell'uomo coprire le sue. Il profumo caldo e ricco di Banks le stuzzicava il naso. Non era mai stata baciata e non sapeva cosa aspettarsi, ma l'esperienza era... piacevole. Più che piacevole. La delicata persuasione della bocca dell'uomo contro la sua le serrò il petto e le colmò il cuore di uno strano entusiasmo. Quando la lingua di lui tracciò la cerniera delle sue labbra, lei sussultò per lo stupore. L'uomo ne approfittò e le infilò la lingua in bocca. Una vampata di calore sconcertante la percorse e lei ebbe la sensazione che la terra stessa stesse tremando con lei. Le si piegarono le ginocchia e l'uomo la sorresse.

Il libro che aveva in mano cadde a terra e lei si aggrappò alla camicia del signor Banks. Una sensazione che comprendeva a malapena pulsava dentro di lei. Il tenero bacio dell'uomo si fece più intenso, quanto bastava perché lei sentisse l'intensità dell'essere intrappolata tra le sue braccia. Non le dispiacque, nemmeno mentre lui la baciava spietatamente. Quel momento aveva un che di sognante e lei non voleva tornare alla realtà e affrontare il fatto che le era piaciuto baciare l'uomo che l'aveva costretta, con il ricatto, a diventare la sua amante poco prima di Natale.

Le loro labbra si separarono. Un brivido attraversò Livvy, ma non era un brivido di paura. Come riusciva a quell'uomo a baciarla in quel modo e a farle desiderare di più? Lei avrebbe voluto odiare lui e il suo tocco, ma così non era.

Banks le circondò il volto con le mani. "Avete un sapore così dolce e innocente. Muoio dalla voglia," disse con una voce bassa e setosa che le risvegliò i sensi.

"Ecco..." Ma lei non sapeva cosa dire.

"Sì. Ci troveremo molto bene insieme." L'uomo si chinò, prese il libro e glielo mise in mano. "Ora andate a letto prima che io cambi idea."

Livvy si voltò e fuggì dalla biblioteca, tornando di corsa nella sua stanza. Sobbalzò alla vista di una cameriera con un vassoio in mano vicino al suo letto.

"Non volevo spaventarvi, signorina," disse la cameriera con un accento scozzese. Aveva degli splendidi capelli rossi, alcuni riccioli dei quali le sfuggivano dallo chignon, e allegri occhi azzurri. Aveva con sé un vassoio di cibo, che appoggiò sul tavolo vicino al letto.

"Va tutto bene. È solo che non mi aspettavo di trovare qualcuno. Mi hai colta di sorpresa." Livvy posò il libro sul letto e lanciò un'occhiata al vassoio colmo di cibo. Il suo stomaco brontolò talmente forte che la cameriera lo sentì.

La donna ridacchiò. "Pensavo che avreste potuto avere fame, signorina. Vi ho portato della zuppa, un po' di carne, del formaggio e un po' di vino. Penserò io a disfare i vostri bagagli."

"Grazie, ehm..."

"Mellie."

"Io sono Lavinia, ma per favore, chiamami Livvy."

La cameriera arrossì. "Ma non posso! Il padrone s'infurierebbe, signorina..."

"Hartwell. Vorrei che mi chiamassi Livvy quando siamo solo noi due. Ho disperatamente bisogno di un'amica." Livvy tese una mano a Mellie. La cameriera sembrava avere un'età vicina alla sua e sarebbe stata un'alleata molto bene accetta, considerate le circostanze.

"Solo quando siamo da sole, signorina. Non voglio essere licenziata per avervi trattata con troppa familiarità," mormorò Mellie, avvicinandosi con aria complice. Quindi, afferrò la mano di Livvy e la strinse delicatamente prima di lasciarla andare.

"Ora, lasciate che vi aiuti a spogliarvi. Quindi potrete mettervi a letto a mangiare." Mellie sollevò l'unica camicia da notte che Livvy aveva messo in valigia e portato con sé.

Livvy sospirò dal sollievo mentre la cameriera la aiutava a spogliarsi. "Grazie."

Una volta che ebbe indossato la camicia da notte, sollevò le lenzuola e si mise a letto. Mellie le porse il vassoio e le mise accanto il libro.

"Ci vediamo domani mattina, signorina... ehm... Livvy." Mellie sorrise mentre si correggeva. Uscì chiudendosi la porta alle spalle.

Livvy cominciò a piluccare il formaggio e gli affettati, quindi sorseggiò il vino. Non aveva mai mangiato a letto in passato, perlomeno non di sera. C'era qualcosa di splendidamente decadente in tutto ciò. Pensò a come suo padre e sua madre riuscivano a mandare avanti la casa, ma sapeva che i suoi genitori avevano delle difficoltà. L'anno prima, il padre di Livvy aveva investito del denaro nelle miniere d'argento della Cornovaglia e, di recente, le operazioni minerarie erano state dichiarate un fallimento. La rendita delle miniere era calata a ogni mese e prima o poi si sarebbe fermata. Livvy non aveva incolpato suo padre, ma era molto scossa, ora, nel trovarsi in un palazzo come quello, a cenare a letto mentre i suoi genitori non potevano permetterselo.

Ma ne sto pagando il prezzo.

Il cibo delizioso assunse un sapore amaro, ma lei lo finì comunque e posò il vassoio sul tavolo vicino al letto. Non era così sciocca da negarsi il sostentamento, soprattutto perché si era ricordata il vero motivo per cui era lì. Prese il libro, lo aprì sulla prima pagina e si mise comoda per leggere. Era importante che trovasse un modo per distrarsi dal pensare a Banks... e alla maniera peccaminosa in cui questi l'aveva baciata.

PER SAPERE COSA SUCCEDE ACCANTO A MARTIN E Libby, si prega di acquistare il libro QUI!

SE VI PIACEREBBE SAPERE QUANDO SARÀ PUBBLICATO il libro, vi prego di iscrivervi alla mia newsletter delle uscite italiane, presso questo sito: https://bit.ly/2I9ENkH

NOTE

CAPITOLO 5

1. Il nome inglese dell'uccello è "blue tit", ma "tit" (come Vaughn fa presente nelle righe a seguire) significa anche "tetta". Da qui l'ambiguità e il significato dello scambio di battute, sfortunatamente intraducibile (ndt).
2. In inglese, rispettivamente, "titmouse" e "tomtit" (ndt).